MEIZI

风会记得一朵花的香

十五年纪念版

丁立梅 著

西苑出版社 XIYUAN PUBLISHING HOUSE

金城出版社 GOLD WALL PRESS

中国·北京

图书在版编目（CIP）数据

风会记得一朵花的香：十五年纪念版 / 丁立梅著.
北京：西苑出版社有限公司, 2025.5. -- ISBN 978-7-5151-0827-8

Ⅰ. I267

中国国家版本馆CIP数据核字第2024TX6496号

风会记得一朵花的香：十五年纪念版

作　　者	丁立梅
项目统筹	许　姗　汪昊宇　肖毓鑫
责任编辑	汪昊宇
责任校对	方宇荣
责任印制	李仕杰
开　　本	680毫米×940毫米　1/16
印　　张	16
字　　数	221千字
版　　次	2025年5月第1版
印　　次	2025年5月第1次印刷
印　　刷	小森印刷（北京）有限公司
书　　号	ISBN 978-7-5151-0827-8
定　　价	39.80元

出版发行	西苑出版社有限公司　金城出版社有限公司
	北京市朝阳区利泽东二路3号　邮编：100102
发 行 部	(010) 84254364
编 辑 部	(010) 64214534
总 编 室	(010) 88636419
电子邮箱	xiyuanpub@163.com
法律顾问	北京植德律师事务所　17600603461

序 言
闻见花香，看见欢喜

　　立秋到来，天地间发生着微妙的变化，早晚的风，吹来凉意。楼下栾树的花，一粒一粒冒出来，点点的黄，都是秋意思。我知道，用不了多久，树顶上就会悬上红彤彤的果实，一撮一撮，如点亮了一盏一盏的红灯笼，华丽得不像样子。十五年前，小城里这种树木还少得很，少有人认识。而今，它已成了普通之木，街道边，小区里，皆能见到。

　　眼下能常见到的美物，还有凌霄花。

　　小区里有凌霄花长廊。这几天花开得正盛，橘红色的花朵，小唢呐一般，天天在草绿色的枝叶间，鼓着小腮帮吹呀吹呀，吹奏着婚礼进行曲。晚上散步，我喜欢在长廊下捡落花。落花是完整的，我带回家，仿佛把一段乐曲也带回家了。十五年前，它和栾树一样，在小城，也是稀罕物。我第一次见它，还是在我任教的校园里。那时，我刚调去不久，一天，在学生就餐的食堂（临时改设的考场）里监考，我偶朝窗外一瞥，便被"一树"火红的花撞伤了眼睛。热辣辣的花朵，把树枝都烧红了。我惊讶极了，监考一结束，立即奔去树下，始才知，哪里是树开花，而是蟒蛇般的藤蔓攻城略地，强行把胜利的"旗帜"，插上人家的屋顶。唔，那些花朵，仰观去，可真像火红的旗帜。

路过的我的同事——多才多艺的生物老师告诉我，这是凌霄花啊。当下的吃惊，真如霹雳一般呢，我是早就闻其名的啊，是诗经里的"苕"，是白居易写的"有木名凌霄"……它原来长这个样子啊！我一时间竟百感交集起来。我那风度翩翩的同事看着我吃惊的模样笑了，他说，我们这里很少长这个，你不认识也正常，以后见多了，你就习以为常了。

后来果真见多了，公园里有，河畔有，桥旁有，小区的栅栏上有……十五年过去，它俨然已成了小城夏秋的主打花了。我那风度翩翩的同事，却因一场病，去了天国。写到这里，我的眼睛有些湿润，十五年，多少往事随风逝去。佛家说，一切有为法，如梦幻泡影，如露亦如电。的确如此。人生如寄，岁月匆匆，我们只有更珍惜活着的当下，珍惜这胸膛里跳动着的一颗心，狠狠把这个世界爱上，才不枉活过一场。

我的这本书，是我爱这个世界的一个见证吧。十五年了，当年第一批读我这本书的少年，已长大成人，他们忘不掉这本书曾给予他们的温暖和光亮。前些日子，有个读者给我写来这样一封信：

梅子老师您好，十多年前，我在上初三，遇到了您的《风会记得一朵花的香》，立即爱上，我反复咀嚼其中文字的真谛，每一篇文章都让我十分动容，它们很温暖，很有力量。到高中的时候，我还特意整个小本儿给摘抄下来，分享给身边的每个朋友，那些字里行间里的温情，曾抚平我们多少青春的忧伤。

到了大学，我在图书馆又遇见您的这本书，您不知道当时我有多开心，我真的像遇见了老朋友啊。我记得那是个阳光明媚的日子，我选了一个靠窗的安静座位，打开您的这本书，把自己一整个人沉浸在文字的美好里。阳光洒在书上，我多希望时间能凝固在那一刻。

如今，我已从当年的青涩，成为一个两岁娃娃的母亲，时光增添了太多的注解，一岁有一岁的理解，一年有一年的感悟，然而最难忘的，还是在大学校园的图书馆里，静静坐在窗口读您书的场景。谢谢梅子老师这些年来对我的陪伴，谢谢您带给我的温暖。我想，等我的女儿长大，到了一定年龄，我一定会把梅子老师的书念给她听。

我为之动容。有这样的读者在，是我这本书的幸运，亦是我的幸运。风会记得一朵花的香，我会记得每一份善良和好意。

谢谢喜欢它的你们！愿我们的每一个日子，都能闻见花香，看见欢喜。

甲辰年七月
于十亩间书房

目　录

第一辑　风会记得一朵花的香

002　从　前
006　一生只忠诚于一件事
008　风会记得一朵花的香
011　绿
014　老人与花
016　从未走远
019　贺卡里的宛转流年
022　天地与我同根
025　一个电话，十个春天
027　清　欢
031　遇见你的纯真岁月
034　闲花落地听无声

第二辑　会飞的太阳

038　会飞的太阳

041　掌心化雪

043　女人如花

045　骆　卡

048　花盆里的风信子

050　月亮像月亮

052　笔　缘

054　美　女

056　仙人掌不哭泣

第三辑　与自己和解

062　小欢喜

064　住在自己的美好里

066　不舍得

068　与自己和解

070　老去不浪漫

072　我为什么快乐

074　生命自在

076 爱与哀愁

078 不辜负

081 让梦想拐个弯

第四辑　草世界，花菩提

084 草世界，花菩提

086 蔷薇几度花

089 槐花深一寸

091 簪菜花

093 一团粉红，一团鹅黄

095 栀子同心好赠人

097 花向美人头上开

099 薄荷，薄荷

101 有木名凌霄

103 天香云外飘

105 满架秋风扁豆花

107 菊有黄花

第五辑　一去二三里

110　春风暖

112　一去二三里

114　醉太阳

116　艾草香

118　盛夏的果实

120　晒月亮

122　秋　露

124　秋天的黄昏

126　秋　夜

129　看　雪

131　冬天的树

第六辑　小扇轻摇的时光

134　奔跑的小狮子

136　手指上的温度

138　那个被你伤得最深的人

140　小扇轻摇的时光

142　六只柿子

144　不要对那个人叫嚷

146　他在岁月面前认了输

149　远方的远

151　等你回家

153　爱到无力

第七辑　风过林梢

158　咫尺天涯，木偶不说话

163　五点的黄昏，一只叫八公的狗

167　手腕上的疤

169　一辈子，一句话

172　风过林梢

177　等你80年

179　布达拉宫里的爱情绝唱

第八辑　猫叹气

184　桃　红

186　女人的宝贝

188　猫叹气

190　吃　蟹

192　步　摇

194　银　饰

196　红绸伞

199　旧　衣

201　首　饰

203　扇子·女人·流年

第九辑　布列瑟农的忧伤

206　绿袖子

208　布列瑟农的忧伤

210　睡　莲

212　追风的女儿

214　昨日重现

216　寂寞的，孤独的

218　斯卡布罗集市

221　且吟春踪

223　琵琶语

225　冬　阳

227 故乡的原风景

229 天　边

231 乱　红

233 埙·追梦

235 长相思

237 竹　舞

第一辑 风会记得一朵花的香

一个人的存在,到底对谁很重要?
这世上,总有一些人记得你,
就像风会记得一朵花的香。
凡来尘往,莫不如此。

从　前

一

你肯定也听过这样一个故事：从前有座山，山里有个庙，庙里有个老和尚，给小和尚讲故事，讲的什么呢？讲的是，从前有座山……如此循环往复，无有尽头。要是你不想停下，这个故事，便永远停不下来。

白日光长长的，讲故事的人，白发如霜。他盘腿坐在院门前，眯着眼逗我们。他只讲一遍，我们就会了，于是把它当歌谣唱，土路上纷飞的，都是这样的音符：从前有座山，山里有个庙，庙里有个老和尚，给小和尚讲故事……

那时只道寻常，山在，庙在，老和尚在，小和尚在，永永远远，都是那般模样。如檐前开得好好的一蓬大丽花，花艳丽得快撑不住颜色了；如门前的大槐树上，蹲着的那个喜鹊窝，一只花喜鹊盘踞在上面唱着歌。

还有，毛小牛的芦笛声，呜呜呜，呜呜呜。只要张开耳朵，就能听到他在吹。

他说，那是远方汽笛的声音。

毛小牛是我的玩伴，头上生许多癞疮，小伙伴们都叫他癞头。他却偏偏生一双巧手，会做芦笛，会用小草编蚱蜢。他走到哪里，芦笛会吹到哪里。

现在再听这个故事,别有一番滋味在心头。岁月,原是由许许多多的从前组成的,山是有从前的,庙是有从前的,老和尚是有从前的,小和尚亦早已成了从前的从前。毛小牛在25岁上溺水而亡,彻底地成了,从前的人了。

二

夜是有声音的。

夏夜的声音,尤其丰富。

选一处草地坐下。露珠在轻轻落,偶尔会听到"啪"的一声,那是它不小心,打翻了某片树叶了。虫鸣于周边响起,唧唧,啾啾,吱吱。还有植物们的声音,它们亲昵得很,一直在耳语。紫薇和梧桐,云松和翠竹,绵延在一起,夜色里,分不清谁是谁。

真静。思绪和着夜色,漫过记忆。想起老祖母了,那时她还不算老,真的不算老。她能拎得动几十斤的草篮子,碎步细密;她能把一群调皮的鸡,撵得满院子飞;她能洗一大盆的衣裳,晾满满一绳。

一样的夏夜。祖母手里摇着蒲扇,摇着摇着就停下了。她定定望着某处,喃喃说:"从前,你太婆可疼我呢,这样的夏天,她给我煮绿豆汤喝。我的皮肤,白得透亮,出门去,人家都打听,这是谁家的女娃啊,这么白净漂亮。"

怔一怔,地上的一片月光,随着树影晃了晃,很不真切。暗地想,祖母哪里有从前呢,祖母本来就是祖母的。风吹着虫鸣声,让人心痒。坐不住的,一溜烟跑去玩,——祖母的从前,到底与我不相干的。

玩一圈回来,却发现祖母,还独自坐着在发愣,她沉在她的从前里。

而我现在,沉在我的从前里。

我们原都是从从前走过来的,慢慢地,又成为从前。这便是,人生。

三

心血来潮地想去看荷。这念头一经产生,就势不可当。

我所在的小城,也仅限在公园有。一方池子里,植了数十株。一俟夏天,圆润碧绿的荷叶,铺满整个池子。数枝荷,亭亭于绿叶之上,有含苞的,有已然绽放的。这是一种清清爽爽的美,不芜杂,不喧闹,正如乐府诗《青阳渡》中所描写:"青荷盖绿水,芙蓉披红鲜。下有并根藕,上有并头莲。"

再去公园,却没看到荷,原先的几十株,不知去了哪里,一池的水在寂寞。问及,人都摇头说不知。我把公园里有水的地方都寻遍,也未寻到。

有人提议,隔壁的水乡应该有。于是马不停蹄赶了去,一去百十里,只为看荷。

果真有,路边,荷成亩成亩地长。花却开过了,莲蓬已成形。雨忽然来,大而狂,无法下车细看,只隔着一扇车窗,与它对望。雨雾起,它望不真切我,我望不真切它。但知道,都在呢,心安了。

想起白衣年代,青春无敌,那人举一枝荷,说送我。送就送呗,乡下的池塘里,那么多的荷,实在算不得什么。随手接过来,后来是丢了,还是用清水养了,不记得了。

却在经年之后,追着寻着去看荷。人有时,寻找的,不过是记忆里的从前。当年不曾以为意的,日后却念念不忘,只是因为啊,从前的青春年少,我们再也回不去了。

四

在老家,遇到一乡亲。

乡亲很老了,背弓腰驼,我叫不出他的名字。我以前应该叫得出他的名字的。

他笑微微看我,说:"你小时很聪明的,五个小孩数竹竿,就你数得最快。"

数竹竿?这个细节,我是彻底忘了的。

从前的痕迹,以为风吹云散,却不料,一点两点的,不是存活在那个人那里,就是存活在这个人这里。只要轻轻一拨拉,它就哗啦啦奔涌出来,如涨潮的水。你突然想起村东头的瞎眼老太,用断指绕线;你突然想起一个叫红旗的光棍汉,一边插秧一边唱:我爷爷是个老红军;拖着鼻涕的少年玩伴,一个一个出来了;你甚至想起邻家的那只花母鸡,还有黑狗。

所有的记忆,此时汇聚到一个地方,那个地方,是从前。从前的人,从前的事,从前的碧空蓝天,有人叫它,灵魂的故乡。

一生只忠诚于一件事

知道那个叫米索,又名侯赛因·哈撒尼的人,是在一份晚报上。狭长的一角,有篇特稿,报道的是他。寥寥数笔,却用了很长的标题——《萨拉热窝一擦鞋匠辞世,众多市民自发聚集致敬》。

我剪下了那篇特稿,收藏了。

他出生于波黑,一个普通的平民之家。父亲是个擦鞋匠,凭着这份手艺,养活全家。21岁时,米索接过父亲的擦鞋摊,成为萨拉热窝街头一名年轻的擦鞋匠。

不难勾画出这个时候米索的样子:高高的个头,白净的皮肤,有着黑色的或淡黄的微卷的发。深凹进去的大眼睛,炯炯的。浑身蓬勃着年轻人特有的朝气,像只拔节而长的笋。萨拉热窝人亲热地称他,米索小伙子。

每日里,他晨起摆摊,暮降返家,风雨无阻。所做的事,单调得近乎机械,就是埋头擦鞋。他却深深热爱着,近乎虔诚地对待着手底下的每双鞋。他一边擦鞋,兴许还一边哼着歌。他做着一个快乐的擦鞋匠。看到他,人们再多的愁苦,也消减许多。

一年过去了,他在街头擦鞋。再一年过去了,他还在街头擦鞋。再再一年过去,他仍在街头擦鞋。渐渐地,他擦成萨拉热窝街头的一个标志、一道风景。人们出门,总习惯性地先去找寻他的身影。哦,哦,米索在呢，人们的心，会因他而雀跃一下。天地立即安稳下来。

日转星移，寒暑更替，许多个年头，不知不觉过去了，他由年轻的米索小伙子，变成了人们口中的米索大叔。

1992年，同属于南斯拉夫人的三个民族，就波黑的前途和领土划分等问题，发动了大规模的内战，造成几十万人死亡，史称波黑战争。这次战争中，萨拉热窝被炮火围攻四年，城里居民四处逃亡，六十开外的米索，却没有离开过一步，他冒着炮火，照旧晨起摆摊，暮降返家。他在街头的身影，成了人们眼中的一面旗帜和幸运符。惊慌悲痛的人们，只要一看到亲爱的米索大叔，情绪立即得到宽慰，重新燃起生活的信心和勇气。"只要他不走，我们就知道即使今天天塌了，我们明天还会活得好好的。"人们说。

他活了下来，和他的萨拉热窝一起。他继续做着他的擦鞋匠，晨起摆摊，暮降返家。外面是天晴日丽也好，风雨琳琅也罢，他的江山不改。他把一份卑微的职业，做成崇高和传奇。

2009年，米索荣获政府表彰，获赠一套房和一大笔退休金。他对着媒体镜头，极为平淡地表达了自己的心声："很多人问我为什么要坚持这一行，我认为这份工作已经融入我的血液中，我会一直擦到生命尽头。"

他做到了。83岁这年，他走完了他擦鞋匠的一生。他的遗像，被摆放在萨拉热窝街头，供人瞻仰。人们还在他的遗像旁，放置了一双干净的皮鞋。

一生只忠诚于一件事，世界之大，能有几人？

风会记得一朵花的香

一

没事的时候,我喜欢伏在三楼的阳台上,往下看。

那儿,几间平房,坐西朝东,原先是某家单位做仓库用的。房很旧了,屋顶有几处破败得很,像一件破棉袄,露出里面的絮。"絮"是褐色的木片子,下雨的天,我总担心它会不会漏雨。

房子周围长了五棵紫薇。花开时节,我留意过,一树花白,两树花红,两树花紫。把几间平房,衬得水粉水粉的。常有一只野鹦鹉,在花树间跳来跳去,变换着嗓音唱歌。

房前,码着一堆的砖,不知做什么用的。砖堆上,很少有空落落的时候,上面或晒着鞋,或晾着衣物什么的。最常见的,是两双绒拖鞋,一双蓝,一双红,它们相偎在砖堆上,孵太阳。像夫,与妇。

也真的是一对夫妇住着,男的是一家公司的门卫,女的是街道清洁工。他们早出晚归,从未与我照过面,但我听见过他们的说话声,在夜晚,呢呢的,如虫鸣。我从夜晚的阳台上望下去,望见屋子里的灯光和在灯光里走动的两个人影。世界美好得让人心里长出水草来。

某天,我突然发现砖堆上空着,不见了蓝的拖鞋红的拖鞋,砖堆一下子变得异常冷清与寂寥。他们外出了，还是生病了？我有些心神不宁。

重"见"他们，是在几天后的午后。我在阳台上晾衣裳，随意往楼下看了看，看到砖堆上，赫然躺着一蓝一红两双绒拖鞋，在太阳下，相偎着，仿佛它们从来不曾离开过。那一刻，我的心里腾出欢喜来：感谢天！他们还都好好地在着。

二

做宫廷桂花糕的老人，天天停在一条路边。他的背后，是一堵废弃的围墙，但这不妨碍桂花糕的香。他跟前的铁皮箱子上，叠放着五六个小蒸笼，什么时候见着，都有袅袅的香雾，在上面缠着绕着，散发出蒸熟的桂花糕好闻的味道。

老人瘦小，永远一身藏青的衣，藏青的围裙。雪白的米粉，被他装进一个小小的木器具里，上面点缀桂花三两点，放进蒸笼里，不过眨眼间，一块桂花糕就成了。

停在他那儿，买了几块尝。热乎乎的甜，软乎乎的香，忍不住夸他，你做的桂花糕，真的很好吃。他笑得十分十分开心，他说，他做桂花糕，已好些年了。

我问，祖上就做么？

他答，祖上就做的。

我提出要跟他学做，他一口答应，好。

于是我笑，他笑，都不当真。却喜欢这样的对话，轻松，愉快，人与人，不疏离。

再路过，我会冲着他的桂花糕摊子笑笑，他有时会看见，有时正忙，看不见。看见了，也只当我是陌生的，回我一个浅浅的笑，——来往顾客太多，他不记得我了。但我知道，我已忘不掉桂花糕的香，许多小城人，也都忘不掉。

现在，每每看到老人在那里，心里便很安然。像小时去亲戚家，拐过一个巷道，望见麻子师傅的烧饼炉，心就开始雀跃，哦，他在呢，他在呢。

麻子师傅的烧饼炉，是当年老街的一个标志。它和老街一起，成为一代人的记忆。

三

卖杂粮饼的女人，每到黄昏时，会把摊子摆到我们学校门口。两块钱的杂粮饼，现在涨到三块了，味道很好，有时我也会去买上一只。

时间久了，我们相熟了。遇到时，会微笑、点头，算作招呼。偶尔，也有简短的对话，她知道我是老师，会问一句，老师，下课了？我答应一声，问她，冷吗？她笑着回我，不冷。

我们的交往，也仅仅限于此。淡淡的，像路边随便相遇到的一段寻常。

我出去开笔会，一走半个多月。回来后，正常上班，下班，没觉得有什么不同。

女人的摊子，还摆在学校门口，上面撑起一个大雨篷，挡风的。学生们还未放学，女人便闲着，双手插在红围裙兜里，在看街景。当看到我时，女人的眼里跳出惊喜来，女人说，老师，好长时间没看到你了。

当下愣住，一个人的存在，到底对谁很重要？这世上，总有一些人记得你，就像风会记得一朵花的香。凡来尘往，莫不如此。

绿

喜欢绿。

没有一种颜色,比绿更广阔更浩荡。

春天,花还没来,绿先远行。人们不远千里追去看草原,其实,是去看绿的。牛羊点缀在绿上。湖泊镶嵌在绿上。蒙古包像白花朵一样的,盛开在绿上。一望无际的绿。波涛翻滚的绿。让一颗奔波的心,只想欢唱,只想纵情一回。

废弃的百年院落,墙上爬满绿。地上的砖缝里渗着绿。屋顶上,绣着绿——那真的像是绣上去的,绒绒的,在黑的瓦片上。

一只猫,跳上院墙,碰翻了一墙的绿。它在墙头上回眸,眼睛里,汪着两潭绿水。看着,竟让人忘了时间,忘了惆怅。

这世上,最是万古不朽的,是绿。

有绿环绕,生的趣味,才源源不断。

是在秦岭,大山腹部,遇见一条绿的溪流。

真真是绿透了呀,像把满山的绿草绿树,都给揉碎了,榨出汁来,倒在里面。

我惊诧得顿住脚步。想捧上那样的一捧绿，在口袋里放放好。不为什么，只想随时摸摸，这生命的质地。

也终于明白，亨利八世的爱情。他偶遇一个着绿衫的姑娘，立即为之神魂颠倒。宫廷华丽，美女如云，却难忘野外的绿袖子。小绿初开，在心里种出温柔来。怎能相忘！怎么相忘！于是，一曲《绿袖子》成了经典。

这是绿的魔力。

去西藏。好山好水地看过去，最难忘的，却是纳木错。

高原之上，它不时地变幻着魔术，逗自己玩。天空是蓝的，它就是蓝的。天空是靛青的，它就是靛青的。天空是灰的，它就是灰的。

那天我去，恰好撞见一个绿的湖，碧绿的。像条绿丝带，飘拂于山峦之中。

之前，我因高原反应剧烈，头疼欲裂，寸步难行。然等我看到它的刹那，我的所有不良反应，竟神奇般地消失。我跳下车去，奔向它。那飘向天际的绿丝带，跟山峦浑然一体，跟天空浑然一体，纯净安然。你只觉得灵魂被洗濯一遍，空灵，宁静，无所欲求。

湖旁堆着不少的玛尼堆。有的高得像座小山丘。藏人绕湖一圈，祈福，放下一粒石子。再绕湖一圈，祈福，放下一粒石子。如此循环，无有止境，才形成这样的玛尼堆。而绕湖一圈，需要几十天的时间。这小山丘一样的玛尼堆，该叠加着多少双虔诚的脚印！祈求我的牛羊啊。祈求我的亲人啊。祈求这混沌的尘世啊。祈求我的来生啊。他们信奉着心中的神，欢乐、哀伤、苦难、悲怆，一切的情绪，最终，都化为平静。平静得像一抹绿，湖水一般的绿。

生命本该呈现的，就是这样的平静啊。

在一个叫华阳的山区，看山民们制作神仙豆腐。

说是豆腐，其实与豆一点关系也没有，它完完全全是由绿绿的树叶制作而成。

树的学名叫双翅六道木，山民们却唤它神仙树。过去饥荒年代，人们拿它救命，捣碎，取汁充饥。谁知那汁液竟十分的可口黏稠，绵软似豆腐。人们怀着感恩的心，当它是神仙所赐，叫它神仙豆腐。代代相传，它成了独特的民间小吃。

一对老夫妇做这个已五十多年，靠这个养大四个儿女。如今儿女们都出息了，但老人家还是每天一大清早，走很远的路，攀上山去，采回树叶，做神仙豆腐。他们说，做习惯了，一天不做，心里就空得慌。

我看到他们把烫煮过的绿叶子，扣进木桶里，拿木杵一上一下地杵。绿绿的汁液，很快漫出来，被过滤到另一只桶里，均匀地摊到一块大石板上。石板迅捷披上了一件绸缎般的"绿袍子"，那么绿，那么滑。待冷却后，揭下那件"绿袍子"，切成手指宽的绿条条，凉拌，吃在嘴里，又滑又软，清香透了。

那一口一口的绿啊！人间美味，叫人感激。

去江南。随便一座古镇，深巷里闲遛，也总能撞见做青团子的。

那是取了青绿的艾蒿，碾碎，和了糯米粉，揉搓而成。

看做青团子，也是极有意思的。眼见着那一团一团的绿，在一双手上盘啊盘啊，就盘成了青团子，乖乖地在蒸笼里躺着，浑身绿得晶莹透亮，像颗绿宝石。蒸笼上冒出的香气，竟也是绿绿的了。

我爱看那些捏着青团子的手，苍老的，或年轻的，无一不浸染着绿。深巷幽静，我的耳畔仿佛响着一支绿的情歌，咿咿呀呀，从千年的烟雨中，一唱三叹的，穿越而来。

老人与花

老人种了一些花，在屋角后。

老人的屋后，是一条东西横亘的小径，小区里的人，出出进进，都从那里过。

老式小区，居住简陋。小径两旁，多的是撂空的地方，少有人管理，任由杂草啥的胡乱长着，这儿牵一串野葛藤，那儿趴一堆儿婆婆纳。唯有老人的屋后，四季明艳，色彩缤纷。

我每从那儿走过，眼光都会不由自主落到那些花上面。月季是天天见着的，花朵儿硕大丰腴，一株橘红，一株明黄。还有一株，乳白色的，花瓣儿如凝脂，饱食终日的好模样。四五月份，老人的屋后，是鸢尾花的天下，蝴蝶一样的鸢尾花，扑闪着紫色的大翅膀，在人的心中，扇动起一圈一圈的温柔。到了七八月份，凤仙花和太阳花，你追我赶地盛开了，占尽颜色。

现在呢？秋渐凉，树上的叶，随着晚来的风，一片一片落。懒婆娘花和一串红，却正当好年华。它们不分彼此地缠绵在一起，粉红配大红。最是傍晚时分，懒婆娘花精神焕发地登场了，叭叭叭，一朵一朵粉色的花朵，吹吹打打地开了，热闹无限。你站定在它们身旁，仿佛就听到它们的欢笑，丁丁当当。还有什么不愉快的事，值得牵肠挂肚的？你最好向一朵花学习，快乐地绽放是最重要的，其他的，都可以忽略不计。空气中，溢满懒婆娘花的香，和一串红的甜，秋凉的黄昏，亲切起来温馨起来。

这个时候，老人必在。老人衣着整洁，头上灰白的发，捋得纹丝不乱。他在那些花跟前，弯下腰去，一朵一朵细细查看，眉眼里，盛着笑意。他很满意这些花如此欢欢地开，而花们，也因了他的注目，更显明艳。夕阳的尾巴，拖得长长的，在老人身上，在花们身上，划过一道一道金色光芒。自然是有感知的，懂得感恩，无论是一株草，还是一朵花，你施与它关爱的恩泽，它回报你的，必是倾尽全力的蓬勃。

路过的人，停下脚步看看花，微笑着和老人打招呼：

"陈爹，赏花呐？"

"嗯，来看看。瞧，它们开得多好啊。"

"是啊，是陈爹你照料得好啊。"

"呵呵。"

"呵呵。"

人的声音去远了，老人还待在那些花旁边。直到夜色四合，花与暮色，融为一体。

某天，我被懒婆娘花牵了去，用手机给它们拍照。老人突然站在我身后，问："这些花好看吧？"我答："嗯，好看。"老人接着问："你知道它们叫什么名字吗？"我说："懒婆娘花呗。"老人笑了："它们可一点不懒，它们还有个名字呢，叫胭脂花。"被这个名字惊艳，再定睛细看，可不是么，一朵一朵粉色花朵，像胭脂涂在腮旁。老人得意，背了双手，围着花转。浑身上下，洋溢着孩子般的明净。

一日，突然听人谈起这个老人，说他原是个退休老师，早些年，老伴就走了。唯一的儿子，也在前年，病死。而他自己，因患眼疾，失明已近十年了。

从未走远

我跟我爸说,我打算去从前的小学看一看。那会儿,我和我爸,正坐在老家的屋门前聊天。不远处,丝瓜花趴在一垛草堆上窃笑,南瓜藤攀爬到一棵桐树上。

我爸听着一愣,笑了,你怎么突然想去看这个的?那地方,早就没啦。

我明白我爸说的"没啦"是什么意思。离家数十载,这样的"没啦",在我的乡村,时时上演——别离,乃至消失,人与物,都不是昔日模样了。

但我还是决定前去。

记忆里,从家到学校,是要经过两条河的,小木桥架在河上,摇摇晃晃。人家的房,傍河而居,一幢挨着一幢,一律的茅草盖顶。河岸边长芦苇、垂柳,野花野草丛生。也有一两棵野桃树,夹杂在其间。春天,野桃树撑一树粉粉的花,惹得蜂飞蝶舞。我们上学放学,总是一路走,一路玩,捉捉蝴蝶,摘摘野花,日影儿长着呢。

有时,会在半路遇雨。不怕。随便哪家的屋檐,都可以避雨。那家人会问,你是谁家的伢呀?我答,志煜家的。那家人就笑了,哦,原来是四队志煜家的二丫头呀。随手递过一只水萝卜来,给我吃——乡里乡亲的，真没一个不熟悉的。

　　学校没有围墙，从任何一个方向，都可以畅通无阻地进入。两排青砖红瓦房，一前一后，坐北朝南，是当时村子里最气派的建筑了。周围是村庄和农田。人家养的鸡，常大模大样地，到学校的操场上来散步。猪也跟着来，羊也跟着来。猫和狗，那就更不用说了，它们时不时地，会溜进教室里听课。听得不耐烦了，尾巴一甩，走啦。

　　一二年级时，老师教识字的方式很有趣。上识字课，一般是不大待在教室里的。老师会领着我们去隔壁人家，拿起挂在墙上的镰刀，教我们读写"镰刀"。拿起靠在墙角落的锄头，教我们读写"锄头"。一转身，望见大门口搁着的扁担，又教我们读写"扁担"。也常把我们带去地里，读写麦子、玉米、棉花、水稻、黄豆、向日葵，如此等等。我们最初认识的字，先从农具和庄稼开始的。

　　教我们的老师，也都是本村人。放学了，他们就一地道的农民。田间地头，常常会遇见他们，担着一担的粪，裤腿卷得高高的，与旁的村人，并无两样。但因是老师，我们还是有些惧怕的，遇见了，会远远躲开去。

　　我们的同学，也都是打小就一起玩着的，熟悉得很。也有兄弟姐妹在一个班级读书的，也有叔叔和侄儿在一个班级读书的。那叔叔竟比侄儿还小，被侄儿欺负了，躺在地上大哭。老师见着了，训他，没羞，你还是个做叔叔的呢!

　　教室门前，长一棵苦楝树。春天有紫粉的小碎花，飘落一地。花落后，结累累一树果实。果实小，圆溜溜的，结结实实。味极苦，麻雀们饿极了也不去啄食。男孩子的口袋里却装满它，用弹弓射着玩，互相追逐着打闹。楝树果打在人身上挺疼的，由此常引发吵架，甚至打架事件。吵完了打完了，他们继续捡这些小果子，一起用弹弓射着玩——年少的所谓恨，是从不过夜的。

我顺着记忆，走到那里。正如我爸所言，我记忆中的小学，一丁点影子也没有了。那里，已变成一片庄稼地。地里有劳作的农人，远远问我，你是来寻小学的吧？

我问，你怎知？

哦，常有人来寻的。前几天，还有夫妻两个，带了孩子来，一家三口，站在这田旁边拍了好几张照片呢。

是吗？我微笑。心里漫上一种说不清的情绪，有时的沧海桑田，也不过是几十年的事。但终究，还是得到安慰。因为，我曾经路过，它早已在我的记忆里生了根，从未走远。

贺卡里的宛转流年

第一张贺卡,是送给我的语文老师的。

那时,我在乡下中学读初中,语文老师是新分配来的大学生,说一口流利的普通话,弹一手好钢琴,朗诵的声音像电台播音员,他很快赢得了我们所有学生的喜欢。新年了,我很想送他一件特别的礼物,然乡下孩子,穷,有什么可送的呢?刚好我的一个同学在城里的舅舅,给我的同学寄来一张贺卡。那是我第一次见到贺卡,浅白的底子上,飘着一盏盏红灯笼,真别致啊。

当时,贺卡只在城里有,乡下没得卖。我挖空心思说服我爸陪我进城,手里紧紧攥着平时积攒下来的碎币。城里的五光十色是来不及看的,一头奔了贺卡去,细细挑,慢慢选。最后选中一张,画面上,一个小女孩半蹲着,在吹蒲公英,她身后的草地,碧绿青翠,一望无际。我只觉得美,只觉得它很配我的老师。回家,我在上面工工整整地写下一行字:

"敬爱的老师,喜欢您!祝您新年快乐!"

想了想,最终没署名。想我的老师到现在,也不知道是谁送他那张贺卡的吧。年少时喜欢一个人,很圣洁,把他当作心中的神。

高中时,有同学在一张贺卡上写了一阕词:"谁翻乐府凄凉曲,风也萧萧，雨也萧萧，瘦尽灯花又一宵。"只看一眼，心肺便被贯穿，我后来才知那是纳兰性德的词。同学把这张贺卡当作新年礼物送我，他说："不久的将来，我们都老了。"我听了，心里划过一道深深的波，一滴一滴，都是疼痛的惆怅，一瞬间，仿佛老了去。现在回头看，有的，只是微笑与感动。青春无敌，哪怕是忧伤，哪怕是疼痛。

读大学时，我曾寄过贺卡给我爸。在贺卡上，我很是郑重地写下"父亲大人"这几个字。贺卡飞到我在的那个小村庄，引起不小的轰动。乡人们哪见过这个呀，且称自己的爸为父亲大人。我爸从村部取回贺卡，一路之上，不断有人索要了看，他们一脸羡慕地对我爸说："你家梅丫头真是出息了。"这让我爸非常得意。那张贺卡，我爸一直收藏着。我每次回家，他都要说起，脸上的表情很沉醉很生动。这让我很怀念那时的自己，那么单纯懵懂地对待这个世界，一往无前。

时光是只橹摇的船，咿咿呀呀，咿咿呀呀，这边还没在意，它已摇过一片水域去了。很快，我大学毕业了。很快，我工作了。头几年，真是热闹，同学之间书信往来不断，过年时，贺卡更是少不了的，我会收到一堆，也会寄出一堆。去买贺卡，真是慎重得不得了，一定得挑了晴天丽日去，一家店一家店去淘，一张一张地精挑细选，在脑子里回想同学的模样，和他们的糗事，一个人，偷偷笑。

贺卡买回来，先自个儿欣赏了。然后净手，开写。在夜晚，在灯下，是最好的。那时，一个天地都是静的，思绪可以放牧得很远。白天就在脑中构思好的一些话，掏出来，左斟酌，右思量，这才在贺卡上写下。贺卡寄出了，一颗心，也随之放飞了，那种喜悦与真诚的祝福，无与伦比。

后来，成家了，渐渐被红尘俗事淹没，再没了那颗欢愉和跳跃的心。同学之间的联系，越来越稀疏，直至无。

也会在新年里，收到贺卡，是我的学生或读者寄来的。贺卡一律的喜气洋洋,花团锦簇,大好的年华,开在上面。我对着它们看,心中轻轻淌过一条岁月的河。谁还在贺卡里巧笑倩兮?一地落叶黄,宛转流年,流年宛转。

天地与我同根

一

我养植物,都能活泼乱跳地长。比如,仙客来。在别人家,它最多也只有三四个月的寿命,在我家,它却能活上一年半载,也还开着花。

没有诀窍,我只是把它当作活的生命,当作我的朋友对待。早起问候它早安。晚上跟它道晚安。它长叶时,我为它欢呼。它开花时,我为它鼓掌。是真心实意一见它就欢喜,是真心实意欣赏它,赞美它,感谢它,对它微笑,和它说话。

花当知人的心意。

古人云:天地与我同根,万物与我同体。世上万物,原都可以沟通,用你的善良,用你的怜悯,用你的愉悦,用你的温和,用你美好的语言。那是一个人的磁场。

一个人的磁场到底有多大呢?似乎没人说得清。但有一点可以肯定的是,内心丑陋的人,周围的环境会因他变得丑陋,这样的人,做事将处处受阻,运气不会好到哪里去。内心美好的人,他的磁场,会散发出温暖的光芒,周围的环境再简陋,也会被他照亮。而他所收到的回报是,花朵将更加明媚,鸟叫将更加清脆,流水将更加欢畅,好运一个接一个跑来,全世界似乎都在帮他。

二

竹林。晌午。阳光透过竹隙洒下，斑斑点点，热得扎人。竹林寂然不动，阳光寂然不动，竹下的青草寂然不动。无一丝风。

在这片寂然的世界里，却独有一株植物，自个儿晃动不已，像谁在搔它的痒痒。确切地说，是一枚叶子在晃动。一枚新冒出来的叶子，长在一根新冒出来的青竹的上面。

竹高不过七八寸，头上顶着的这枚叶子，却阔大、青绿、性格活泼。

我们前后左右看，又伸手去探，没有风，别的植物依然静止得跟墙上挂的画似的。只它还在晃动，停不下来的节奏，简直是手舞足蹈欢歌声声了。

我以为有虫子在撩拨它。俯身仔细查找，没有。

我忽然明白，它只是自己高兴。

一枚叶子为什么不能有自己可乐的事呢？

它或许是做了一个美美的梦。或许是想起一桩有趣的事。或许是因蝴蝶吻了它的脸。或许什么也不因为，只是想高兴了，就高兴起来。

就像我们人，有时，会莫名其妙地想唱歌，想跳舞，想疯狂那么一回任性那么一回。

那么，任性去吧，不要顾及旁人的目光，你自己快乐就好了。

三

那人去买菜。

路上遇见一男人，推着一辆自行车，车后面装着一篓青橘。

这本是很寻常的路遇，却让他上了心。原因在于那个男人。

男人说不上年纪，也许五十多，也许六十多，瘦弱得能数得见他身上的骨头有多少根。单单瘦弱也还罢了，偏还驼着背，腰弯如弓。与其说他推着自行车，莫若说是自行车做了他的支撑，支撑着他的大半个身子。

男人埋着头弓着腰，匍匐在自行车上，嘴里咕咕哝哝说，绿橘子，绿橘子，绿橘子。他就这样缓缓走在路上，像一片秋天的叶子。

他一天能卖出多少青橘呢？不知。然不管能卖出多少青橘，他的一天，都要奔波在路上。

这世上，还有多少人为了简单的生存，而在竭尽全力？

珍惜吧，珍惜为你遮雨的屋檐。珍惜你桌上的一日三餐。珍惜你手中的工作。珍惜你身边的那个人。珍惜这个夜晚，给予你的宁静和安详。

你拥有的，有时不是因为你有多么好，很大程度上，靠的是运气。这恩赐的幸福，倘若你不懂得珍惜，它也就有可能从你身边溜走了。

一个电话，十个春天

我是先认识他的文字，再认识他的人的。他的文字，都是有关草原有关风雪的。读他的文字，我不可抑制地在脑中勾勒这样的景象：黄昏。风。无垠的旷野。一棵树——就那么一棵树，孤零零的。风吹动它的每一片叶子，每一片叶子，都在骨头里作响。天高路远，是永不能抵达的模样……

后来通过一个朋友，我们真正相识了。也仅仅是在电话里。电话隔了万水千山，他的声音挟裹着风雪，挟裹着草原的莽莽苍苍，撞进我的耳里来，如暗夜里的埙。他说，谢谢你。我在电话这头就笑了，我说，谢我什么呢，有什么好谢的？我只不过倾听了一下，倾听了一下而已。

故事谈不上有多曲折，是一个男人为了生计而奋斗的经历。他早先开过茶馆，在小城里混得有型有款的。但商海浮沉，人不过是其中的一扁舟，一个浪头打过来，也许就招架不住了。他不幸被浪击沉，被迫远走他乡，到了几千里外一个叫江仓的草原。那里，春天总是来得很晚很晚，冰凌好像永远也不会融化。一天到晚，唯有风吹过耳际，几百里了无人烟，风就那样无遮无挡地吹啊吹，吹得人的骨头瑟瑟作响。真孤独啊！

是的，是孤独，他说。无数的黑夜，他躺在帐篷里，听风吹，心里空空如荒野，苦难是深不见底的一口井，幸福离得很遥远。眼泪，不知不觉滑下来，在脸颊两侧凝结成冰。都说柔情似水，水这时却失了水的温柔。那种伤痛，是蚂蚁啃骨头般的。那不是我的泪，他强调，真的，那不是我的，那是黑夜的眼泪，它根本不受我的控制，它落下来。说到这儿，他笑起来，苦涩的。

我静静听，我听见孤独，像一只流浪的小狗，呜咽着。人世间，最让人不能消受的，不是伤痛，而是孤独。

好在他并不颓废。他坚持读书写字，白天做工，晚上写作。他至今还不会用电脑，不会上网。所有的文字，都是一笔一画在纸上写成。那时，他把蜡烛插在泡沫板上，泡沫板放在他弓起的膝上。夜深，世界孤寂成一顶帐篷。蜡烛在流泪，一滴一滴，溅落到他的字上，凝固成冰冷的花朵。红的，白的，如敛翅的蝴蝶。

一个寻常的夜晚，我突然想起他来，想起他就拨了一个电话过去，在我，这是很轻而易举的事。他那边的反应却很强烈，是感动复感动了，连声对我道谢。他说，有朋友牵挂着，真幸福。电话搁下后不久，他发来一个信息，信息里只有八个字：一个电话，十个春天。

这下轮到我感动了，我不知道我轻易的一个举动，竟能送他十个春天。我立即找出电话簿，把久未通音讯的朋友，一个一个问候到了。朋友们很意外，高兴非常，我也很高兴，我们有着千言万语，空气中似乎溢满了芳香甜蜜。

是的，一个电话，十个春天。滚滚红尘之中，我们都不可避免会陷入孤独，但只要人世间有爱在，有善良在，有朋友在，就会有春暖花开。

清　欢

拔茅针

春天来的时候，大地在一夜间换了新装。绿，绿不尽的绿。

河边的白茅们"唰"的一下，探出尖尖的小脑袋来。

我们去拔茅针，那是春天馈赠给孩子们的零食。

茅针其实是白茅的嫩芽，形似针状，剥开来，里面是又白又嫩的瓤。丢进嘴里，水汪汪、甜滋滋的。

那时我尚不知，这种好吃的天然的零嘴儿，是从远古的诗经年代一路走过来的。"静女其娈，贻我彤管。"春暖花开的时节，美丽的牧羊女，去见约好的小伙子，拿什么做礼物好呢？她踟蹰半晌，最后聪明地，拔了一把茅针带给他。

小伙子当然心领神会，他心花怒放，收下茅针当珍宝。"匪女之为美，美人之贻"，——不是这茅针有多好，实则因为，它是心爱的姑娘赠送的啊。

真正是没有比这个更适合做礼物的了。民间爱恋，原是这等朴素甜蜜，野生野长着，却自有它的迷人芳香。

后来读到范成大写的拔茅针的诗："茅针香软渐包茸，蓬蘽甘酸半染红。采采归来儿女笑，杖头高挂小筠笼。"

无论沧海桑田如何转变，这俗世的活法儿，却如出一辙，生生不息。

我们带上的却不是小筠笼，而是猪草篮子，很大个儿的。猪草篮子早就被搁到一边去了，我们拔呀拔呀拔茅针。肚子吃得溜圆了，吃得不想再吃了，还是拔；把全身上下的衣兜都装满了，还是拔！可见，人生来都是贪的。那满地的茅针，哪里就拔得完呢！就算拔回家去，多半也被扔了。我奶奶说吃了过夜的茅针会耳聋，又说茅针放在家里过夜，会引了蛇来。

我偷偷试验过，把茅针藏在枕头底下，却没有耳聋，亦没有蛇来。我很高兴。原来，大人的话，也不能全信的。

染指甲

我们种凤仙花，是为了染指甲。

凤仙花好长，种子掉在哪里，哪里就能长出一大片，你追我赶地长，一心一意地长。

我家屋角后，每年都有成片成片的凤仙花冒出来。也无须特意播种——乡下的花，少有特地播种的。风一吹，你家的花跑到我家来了，我家的花跑去你家了。也有鸟儿来帮忙，把花种子衔去到处扔。有时，你在废弃的墙头，看见凤仙花、鸡冠花，或是一串红了。你也可能在哪个沟渠里，发现了凤仙花的影子。你不必惊讶，乡间的花，原是长了脚的。

凤仙花开的时候真有些壮观呢，红的，黄的，白的，紫的，像落了一地的小粉蝶，吵嚷得厉害。我们不懂赏花惜花，只管把那些花啊叶子啊，摘下来，捣碎，加了明矾，搁上几个时辰，染指甲的原料就算制成了。

天热，晚上屋子里闷，大人们也都要在外头纳凉。虫鸣喁喁，闲花摇落，星子闪亮，静下来的时光，总让人生出好脾气。我妈和我奶奶，难得地坐到一起，一边摇着蒲扇，一边话搭话地说些碎语。我和我姐去挑了肥圆的黄豆叶子，让我奶奶给包住染红指甲。我妈兴致上来了，也会帮我们包。

捣碎的凤仙花，敷在我们的指甲上，上面盖上黄豆叶子，用棉线紧紧缠绕了。一夜过去，手指甲准变得红艳艳的。

刚包好的手指甲沉甸甸的，偏偏蚊子来叮，手却搔不了痒，急得双脚直跳，却舍不得弄脱缠好的指甲套。我奶奶或我妈，这时会笑着来帮忙。

露水打湿了头发，夜已渐深，却迟迟不肯进屋去睡。小心儿里，也有了贪，希望这样的静好清欢，能够地久天长。

小人儿书摊

偶尔上一趟老街，我这枚吃货最大的乐趣，竟不是吃，而是看小人儿书。

也只老街上才有小人儿书的书摊。一棵大槐树底下，斜撑着简易的木板子，上面拴着一只只口袋，里面塞满小人儿书。贰分钱可借一本看。

袋子里的硬币，从大过年时就开始攒着，为的是到老街上一饱眼福。

许多的字，不识。不要紧，看着图画，边蒙边猜，也是看得津津有味的。街角喧闹，那一方地儿，是个宁静的岛屿。

有孩子口袋里没钱，在小人儿书摊旁边转。看向小人儿书的眼神，像看向一大堆美食。守摊的中年男人真是硬心肠，他挥手赶那孩子走，"去，去，去！"像赶偷食的鸡。没钱别想看他的小人儿书，你再求也没用。

一次，有小孩儿趁他不注意，抓起两本小人儿书就跑。待到中年男人反应过来，他已跑进人群中去了。中年男人追了几步，没追着，嘴里骂骂咧咧的。回头，对他的小人儿书摊看得更严了。

我为逃跑了的小孩儿感到高兴。他拥有两本小人儿书了，那是完全属于他的，他想什么时候看，就什么时候看。他想坐着看，就坐着看；他想躺着看，就躺着看。真好。我心里萌生出这样的愿望，等我长大了，我也要摆一个小人儿书摊。所有的小孩儿都免费看，想看哪本就看哪本，想看多久就看多久。

簪菊

我姐没事的时候，喜欢装扮我。

衣裳也就那几件，是没办法替换的，头发却可以随意摆弄。

我姐在我的头发上花大功夫，要不把它辫成许多根小辫子，要不把它卷起来。

家里土墙上贴着一张仕女图，上面有女子云鬓高绾，簪着菊花一朵朵。我姐突发奇想，要给我梳那样的头。

菊花是不缺的，屋后的河边，想采多少就有多少，想采什么颜色，就有什么颜色。那里，一年四季，几乎都活跃着小野菊们嬉戏打闹的身影。

我们很快采得一大把，红黄橙白紫，五彩纷呈。

我姐照着墙上的画，给我绾头发，在上面横七竖八插满野菊花。

我顶着这样的头，跑出去。从村子东头跑到西头，再从南边跑到北边。沿途无人不惊奇观望，笑叹："瞧，那小丫头的头！"

若干年后，我听到一首歌，歌里这样唱道："醉人的笑容你有没有，大雁飞过菊花插满头。"我的眼泪一下子涌了出来，觉得那是在唱我的少年。

遇见你的纯真岁月

他是第一个分配到我们乡下学校来的大学生。

他着格子衬衫，穿尖头皮鞋，操一口流利的普通话，这令我们着迷。更让我们着迷的是，他有一双小鹿似的眼睛，清澈、温暖。

两排平房，青砖红瓦，那是我们的教室。他跟着校长，绕着两排平房走，边走边跳着去够路旁柳树上的树枝。附近人家养的鸡，跑到校园来觅食了，他看到鸡，竟兴奋得张开双臂，扑过去，边扑嘴里边惊喜地叫："啊啊，大花鸡！"惹得我们笑弯了腰，有同学老气横秋地点头说："我们的老师，像个孩子。"

他真的做了我们的老师，教我们语文。第一天上课，他站讲台上半天没说话，拿他小鹿似的眼睛，看我们。我们也仰了头对着他看，彼此笑眯眯的。后来，他一脸深情地说："你们长得真可爱，真的。我愿意做你们的朋友，共同来把语文学好，你们一定要当我是朋友哦。"他的这个开场白，一下子拉近了他与我们的距离，全班学生的热血，在那一刻沸腾起来。

他的课，上得丰富多彩。一个个汉字，在他嘴里，都成了妙不可言的音符。我们入迷地听他解读课文，争相回答他提的问题。不管我们如何作答，他一律微笑着说："真聪明，老师咋没想到这么答呢？"有时我们回答得太离谱了,他也佯装要惩罚我们,结果是,罚我们唱歌给他听。于是教室里的欢笑声,一浪高过一浪。那时上语文课,在我们,是期盼,是幸福,是享受。

他还引导我们阅读。当时乡下学校,课外书极其匮乏,他就用自己的工资,给我们买回很多的书,诸如《红楼梦》《钢铁是怎样炼成的》和《红与黑》之类的。他说:"只有不停地阅读,人才能走到更广阔的天地去。"我至今还保留着良好的阅读习惯,应该是那个时候养成的。

春天的时候,他领我们去看桃花。他说:"大自然是用来欣赏的,不欣赏,是一种极大的浪费,而浪费是可耻的。"我们哄一声笑开了,跟着他蹦蹦跳跳走进大自然。花树下,他和我们站在一起,笑得面若桃花。他说:"永远这样,多好啊。"周围的农人,都看稀奇似的,停下来看我们。我们成了风景,这让我们备感骄傲。

我们爱他的方式,很简单,却倾尽我们所能:掐一把野地里的花儿,插进他办公桌的玻璃瓶里;送上自家烙的饼,自家包的粽子,悄悄放在他的宿舍门口。他总是笑问:"谁又做好事了?谁?"我们摇头,佯装不知,昂向他的,是一张张葵花般的笑脸。

我们念初二的时候,他生了一场病,回城养病,一走两个星期。真想他啊,班上的女生,守在校门口,频频西望——那是他回家的方向。被人发现了,却假装说:"啊,我们在看太阳落山呢。"

是啊,太阳又落山了,他还没有回来。心里的失望,一波又一波的。那些日子,我们的课,上得无精打采。

他病好后回来,讲台上堆满了送他的礼物,野花自不必说,一束又一束的。还有我们舍不得吃的糖果和自制的贺卡。他也给我们带了礼物,一人一块巧克力。他说:"城里的孩子,都兴吃这个。"说这话时,他的眼睛湿湿的。我们的眼睛,也跟着湿了。

他的母亲,却千方百计把他往城里调。他是家里独子,拗不过母亲。

他说:"你们要好好学习,将来,我们会有重逢的那一天的。"他走的时候,全班同学哭得很伤心。他也哭了。

多年后,遇见他,他早已不做老师了,眼神已不复清澈。提起当年的学生,却如数家珍般的,一个一个,都记得。清清楚楚着,一如我们清楚地记得他当年的模样。那是他和我们的纯真岁月,彼此用心相待,所以,刻骨铭心。

闲花落地听无声

黄昏。桐花在教室外静静开着,像顶着一树紫色的小花伞。偶有风吹过,花落下,悄无声息。几个女生,伏在走廊外的栏杆上,目光似乎漫不经心,看天,看地,看桐花。其实,哪里是在看别的,都在看郑如萍。

教学楼前的空地上,郑如萍和一帮男生在打羽毛球。夕照的金粉,落她一身。她穿着绿衣裳,系着绿丝巾,是粉绿的一个人。她不停地跳着,叫着,笑着,像朵盛开的绿蘑菇。

美,是公认的美。走到哪里,都牵动着大家的目光。女生们假装不屑,却忍不住偷偷打量她,看她的装扮,也悄悄买了绿丝巾来系。男生们毫不掩饰他们的喜欢,曾有别班男生,结伴到我们教室门口,大叫:"郑如萍,郑如萍!"郑如萍抬头冲他们笑,眉毛弯弯,嘴唇边,现出两个深深的酒窝。

"贱。"女生们莫名其妙地恨着她,在嘴里悄骂一声。她听到了,转过头来看看,依然笑着,很不在意的样子。

却不爱学习。物理课上,她把书竖起来,小圆镜子放在书里面。镜子里晃动着她的脸,一朵水粉的花。她对着镜子里的自己笑。物理老师终于忍无可忍,摔了她的镜子。隔天,她又带一面小圆镜子来。

也折纸船玩。折纸船的纸,都是男生们写给她的情书。她收到的情书，成扎。她一一叠成纸船，收藏了。对追求她的男生，不说好，也不说不好。常有男生因她打架，她知道了，笑笑，不发一言。

老师们对她很不喜。全校大会上，校长拿她当反面教材，说某些学生早恋，再这样下去，学校要严肃处理的。大家偷眼看她，她面上全无羞愧之色，仰着脸听，微微笑着。放学后，照例和男生们打成一片，一起打羽毛球，一起骑着单车，穿过整条街道。风吹起她的长发，吹起她的衣袂，她看上去，像只扑着翅奋飞的小鸟。

高三时，终于有一个男生，因她打了一架，受伤住院。这事闹得全校沸沸扬扬。她的父母被找了来。当着围观着的众多师生的面，她人高马大的父亲，狠狠掴了她两巴掌，骂她丢人现眼。她仰着头争辩："我没叫他们打！我根本不知道他们打架！"她的母亲听了这话，撇了撇薄薄的嘴唇，脸上现出嘲弄之色，说："苍蝇不叮无缝的蛋，你整天打扮得像个妖精似的，招人呢。"

我们听了都有些诧异，这哪里是一个母亲说的话？有知情的同学小声说："她不是她的亲妈，是后妈。"

这消息令我们震惊。再看郑如萍，只见她低着头，轻咬着嘴唇，眼泪一滴一滴滚下来。阳光下，她的眼泪，那么晶莹，水晶一样的，晃得人疼。这是我们第一次看见她哭。却没有人去安慰她，潜意识里，都觉得她是咎由自取。

郑如萍被留校察看。班主任把她的位置，调到教室最后排的角落里，与其他同学，隔着两张课桌的距离，一座孤岛似的。她被孤立了。有时，我们的眼光无意间扫过去，看见她沉默地看着窗外。窗外的桐树上，聚集着许多的小麻雀，叽叽喳喳欢叫着，总是很快乐的样子。天空碧蓝碧蓝的，阳光一泻千里。

季节转过一个秋，转过一个冬，春天来了，满世界的花红柳绿，我们却无暇顾及。高考进入倒计时，我们的头，整天埋在一堆练习里，像鸵鸟把头埋进沙堆里。郑如萍有时来上课,有时不来,大家都不在意。

某一天,突然传出一个震惊的消息:郑如萍跟一个流浪歌手私奔了。班主任撤掉了郑如萍的课桌,这个消息,得到证实。

我们这才惊觉,真的好长时间没有看到郑如萍了。再抬头,教室外的桐花,不知什么时候开过,又落了,满树撑着手掌大的绿叶子,蓬蓬勃勃。教学楼前的空地上,再没有了绿蘑菇似的郑如萍,没有了她飞扬的笑。我们的心,莫名地有些失落。空气很沉闷,在沉闷中,我们迎来了高考。

十来年后,我们这一届天各一方的高中同学,回母校聚会。当年的两层教学楼,已变成七层的科技楼了。不见了那棵开满桐花的树。那里,新砌了花坛,里面种着许多太阳花,还有虞美人,花开得欢欢的。

我们在校园里四处走,寻找当年的足迹。身边不时跑过年轻的学弟学妹,他们青春的脸庞,像极鲜嫩饱满的橙子。有老同学在操场边的一棵法国梧桐树上,找到他当年刻上去的字,刻着的竟是:郑如萍,我喜欢你。我们一齐哄笑了:"呀,没想到,当年那么老实的你,也爱过郑如萍呀。"笑过后,我们长久地沉默下来,我们想起那个绿蘑菇一样漂亮的郑如萍,竟没有一个人知道她的下落。

"其实,当年我们都不懂郑如萍,她的青春,很寂寞。"一个同学突然说。

我们抬头看天,天空仿佛还是当年的样子,碧蓝碧蓝的,阳光一泻千里。但到底不同了,我们的眉梢间,已爬上岁月的皱纹。细雨湿衣看不见,闲花落地听无声,有多少的青春,就这样,悄悄过去了。

第二辑 会飞的太阳

无论天空如何阴霾,太阳一直都在的,不在这里,就在那里。
因为,它长了一对会飞的翅膀。

会飞的太阳

一

去一个老宿舍区找人。

老宿舍是上个世纪八十年代初建的。平房，一字排开，隔成一小间一小间的。每一小间里，住一户人家，一家老小，都挤在这一小间里。邻里不消说鸡犬声相闻，就是彼此间轻微的呼吸，都能听得见——当然，这都是从前的事了。

如今，这些老房子蜷缩在几幢高楼后，终年难得见到阳光。屋顶的瓦片上，爬满了岁月的绿苔。乡下的草，也跑来凑热闹，一簇一簇的狗尾巴草，聚集在屋顶上，春天绿着，秋天黄着。墙壁上涂抹的白石灰，早已斑驳得不成样了，露出大块大块难看的伤疤。

在老房子里长大的孩子，一俟羽翼丰满，立马就飞了。他们飞走后，再不肯回头。留守在老房子里的，就都是些上了岁数的老人。老人们念旧得很，住惯了的老房子，已然成了他们的亲人，难丢难舍。

我去时，是冬天。冬天的阳光，见缝插针地，从高楼的缝隙里，漏下一点两点来。我看到几个老妇人，怀里捧着棉被子，在那一星点的阳光下，展开，一边拍打，一边闲闲地说着话。阳光移开去了，她们就又捧着棉被子跟上去。她们看到诧异地站在一旁的我,笑了,对我解释道:"我们在赶太阳呢。"脸上是一派的安宁祥和。

赶太阳?多好的一个词语!我在这个词语前怔住,从此铭记在心。每当我觉得湿冷清寒,觉得灰心失望,就把这个词语掏出来,暖一暖。人生不是被动地接受,更是主动地追求,才能获得你所需要的温度。

二

连续的阴雨,天像破了似的,滴答滴答个没完没了。

家里的衣物,摸上去都是潮乎乎的,——连人,也似乎是潮乎乎的人了。南方的梅雨天,总是让人难耐。

小孩子却没有这样的感觉,雨天里他们照旧玩得兴高采烈的。他们穿了雨鞋,偏寻着洼地积水走,一脚踩下去,击起水花一朵朵,他们乐得哈哈笑。

五岁的小侄儿也跟着别的孩子,去踩洼地的积水玩,不时快乐地尖叫着。他还叠了一些小纸船去放,边放边唱着别人不懂的歌。孩子的快乐,简单透明,无关天气。

又一阵雨来,他被"捉"回家。他四下里看看,突然问我:"姑姑,你有彩笔吗?我想画画啦。"

我赶忙找了纸笔给他。他握笔在手,大刀阔斧地作画。

他先画一幢房,房子歪歪扭扭的,上面开满门和窗,屋顶上也开着。

我问:"为什么画这么多的门和窗啊?"

小人儿告诉我:"是为了让小猫小狗进来呀,还有小鸟进来呀,还有小兔子小熊进来呀……"

我失笑不已,小人儿大概准备开动物园了。

他又开始画树和花。树们杂乱无章地挤在一起,高的矮的,胖的瘦的，有弯着长的，有斜着站的，有躺着睡觉的。一律是山花插满头，花朵儿小果子似的垂挂着。

问他："哪有树是这样长的？哪有花是这么开的？"小侄儿不屑地一撇嘴，答："本来就是这样长的呀，本来就是这么开的呀。"

他埋头继续画着，大笔一挥，他的笔下，出现一个大大的太阳。太阳的光芒从天上一直拖到地上，把房屋罩住了，把树和花朵罩住了。他再唰唰几笔，给大太阳加上了一对硕大的翅膀。

我问："太阳怎么长了翅膀呢？"

小侄儿头也不抬地说："太阳本来就有翅膀啊，下雨的时候，它飞出去玩了，一会儿，它还会飞回来的。"

我被他的话击中，愣愣地看着他。小人儿却无知无觉，继续沉浸在他的笔下。他当不知，他的世界，多么富有禅意。原来，无论天空如何阴霾，太阳一直都在的，不在这里，就在那里。因为，它长了一对会飞的翅膀。

掌心化雪

那个时候，她家里真穷，父亲因病离世，母亲下岗，一个家，风雨飘摇。

大冬天里，雪花飘得紧密。她很想要一件暖和的羽绒服，把自己裹在里面。可是看看母亲愁苦的脸，她把这个欲望，压进肚子里。她穿着已洗得单薄的旧棉衣去上学，一路上冻得瑟瑟。她想起安徒生的童话《卖火柴的小女孩》，她想，若是她也有一把可供燃烧的火柴，该多好啊。她实在，太冷了。

拐过校园那棵粗大的梧桐树，一树银花，映着一个琼楼玉宇的世界。她呆呆站着看，世界是美好的，寒冷却钻肌入骨。突然，年轻的语文老师迎面而来，看到她，微微一愣，问："这么冷的天，你怎么穿得这么少？瞧，你的嘴唇，都冻得发紫了。"

她慌张地答："不冷。"转身落荒而逃，逃离的身影，歪歪扭扭。她是个自尊的孩子，她实在怕人窥见她衣服背后的贫穷。

语文课，她拿出课本来，准备做笔记。语文老师突然宣布："这节课我们来个景物描写竞赛，就写外面的雪。有丰厚的奖品等着你们哦。"

教室里炸了锅，同学们兴奋得喳喳喳，奖品刺激着大家的神经，私下猜测，会是什么呢？

很快，同学们都写好了，每个人都穷尽自己的好词好语。她也写了，却写得索然，她写道："雪是美的，也是冷的。"她没想过得奖，她认为那是很遥远的事，因为她的成绩一直不引人注目。加上家境贫寒，她有多自尊，就有多自卑，她把自己封闭成孤立的世界。

改天，作文发下来，她意外地看到，语文老师在她的作文后面批了一句话："雪在掌心，会悄悄融化成暖暖的水的。"这话带着温度，让她为之一暖。令她更为惊讶的是，竞赛中，她竟得了一等奖。一等奖仅仅一个，后面有两个二等奖，三个三等奖。

奖品搬上讲台，一等奖的奖品是漂亮的帽子和围巾，还有一双厚厚的棉手套。二等奖的奖品是围巾，三等奖的奖品是手套。

在热烈的掌声中，她绯红着脸，从语文老师手里领取了她的奖品。她觉得心中某个角落的雪，静悄悄地融了，湿润润的，暖了心。那个冬天，她戴着那顶帽子，裹着那条大围巾，戴着那副棉手套，严寒再也没有侵袭过她。她安然地度过了一个冬天，一直到春暖花开。

后来，她读大学了，她毕业工作了。她有了足够的钱，可以宽裕地享受生活。朋友们邀她去旅游，她不去，却一次一次往福利院跑，带了礼物去。她不像别的人，到了那里，把礼物丢下就完事，而是把孩子们召集起来，温柔地对孩子们说："来，宝贝们，我们来做个游戏。"

她的游戏，花样百出，有时猜谜语，有时背唐诗，有时算算术，有时捉迷藏。在游戏中胜出的孩子，会得到她的奖品——衣服、鞋子、书本等，都是孩子们正需要的。她让他们感到，那不是施舍，而是他们应得的奖励。温暖便如掌心化雪，悄悄融入孩子们卑微的心灵。

女人如花

她居然叫如花，王如花。别人唤她："如花，如花。"乍听之下，以为定是个有着闭月羞花之貌的小女子。而事实上，她快五十岁了，人长得粗壮结实，脸上沟壑纵横。

最感染人的是她的笑，笑声朗朗，几里外可闻。我最初是因她的笑注意到她的，一群人中，她的笑，如金属相扣，丁丁当当。

门楣儿不惹眼，是一间旧房子，上悬一块木牌：家政服务中心。一屋的人，不知说起什么好笑的事，惹得她笑得上气不接下气。看到我在看她，她的笑并未停住，而是带着笑问："小妹子，你需要什么服务？"说话间，她已掏出她的名片，递到我跟前。

这委实让我吃一惊。低头看她的名片，"王如花"三个字，显目得很。底子上印一朵硕大的红牡丹，开得喜笑颜开。背面的字，密密的，从做家务活到做护理，她一一道来，似乎样样精通。当得知我只是需要清洁房子时，她手臂有力地一挥，爽朗地笑着说："这事儿简单，包在我身上，我保管帮你把房子打扫得连颗灰尘粒儿也找不着。"

当日，她就带了两个女人到了我家。一个年纪轻的，她说是她侄女，大学毕业了一直没找到工作。"干这个也挺好的，小妹子你说是不是？"她笑着问我。一个年纪稍大一些的，她说是她妹妹。"在家闲着也闲着，我让她来搭搭手。"她乐呵呵说。

我看看楼上楼下,这么大的地方,我充满疑虑,我说:"你们行吗?"王如花哈哈大笑起来,她说:"小妹子,你放心吧,我说行。"

她果真行。不到半天时间,我家里已大变样,窗明几净,地板光鉴照人。她额上沁满汗珠,笑声却一直没停过。她说:"小妹子,我说个笑话你听啊,有次有个男人,打电话到我们家政服务中心,让人把煤气罐从楼下扛到他家住的六楼去。我去了,那男人一看是我,不乐意了,说,咋不叫个男的来?我说,我先试试。我扛了煤气罐就上了楼,他单身人跟后面追都追不上。"

跟我说起她的故事来,她也一直笑着。男人因病瘫痪在床,都十多年了。唯一的儿子,跟了人学坏,被判刑入狱,现在还待在牢里。她去探监,跟儿子说了这样一句,儿子,妈妈会陪你重活一次,就当重生养你一回。说得儿子眼泪汪汪。

她说:"小妹子,我儿子会学好的。"

她说:"只要人在,日子会好起来的。"

我点头,我说:"我信。"

她的活干得利索,收费也公道。结完账,我把清理出的一堆废报刊,送给了她。她很开心,冲我朗声笑道:"小妹子,以后你家里有事需要我,你只要打我名片上的电话,我保管随叫随到。一回生,二回熟,我们以后就是老朋友了。"

我因她那句老朋友的话,独自莞尔良久。

小城不大,竟常遇到王如花。遇到时,她老远就送上朗朗的笑来,热情地跟我打招呼。有时,我在前面走着,突然听到后面的人群里,有人叫:"如花,如花。"而后,我听到一阵笑声,如金属相扣,丁丁当当。不用回头,我知道那准是王如花,心里面陡地温暖起来、明媚起来。

骆 卡

他的名字叫得很怪,叫骆卡。

我以为他的父亲定是个很有知识的人,给他取了这么一个很耐咀嚼的名字。他却说,不,我爸认不了几个字的,是地地道道的农民。

骆卡是一家理发店的学徒,安徽人,瘦高个子,白净的脸庞。看上去,不过十八九岁。

询问他,果然是。

他做的事很杂,迎来送往是他;帮客人洗头按摩是他;给客人拎包挂衣服是他;抹桌扫地是他。

这个叫,骆卡,来给客人倒两杯水。那个叫,骆卡,帮这个客人把头发吹干了。他都爽快地应一声,哎,就来了。

做这些,或许不难,难的是,他始终做到彬彬有礼。他帮你洗头按摩,十指在你头上轻轻弹,不时探过一张笑脸来,小心翼翼地问你,嫌手重吗?

哪里重了?他的手那么轻柔。看着他,忍不住想,这么小的孩子,能做到这样,真是难为他了。

跟他聊天,开始时他只是羞涩地笑,偶尔简短地答两句。后来,我们熟识了,他的话渐渐多起来,会说到他的安徽乡下,说到他的父母,还有一个妹妹。我妹妹成绩很好的,他这样说,脸上浮现出笑容来。

我问,那你咋不念书了呢?像你这么大的孩子,都还在学校里的。

他低了头,脸红了,许久之后才告诉我,他读书时不知道用功,调皮捣蛋,书念不下去了,他爸急了,追到学校去,他翻了围墙跑出来。

从此,再也没有回过学校。

我有些吃惊,我说,那你爸不是很伤心吗?

他轻轻叹口气,说,是啊,那时我真不懂事,让我爸伤透了心。

他说的那时,也不过是半年前。他一口气跑到江苏来,跑到理发店当了学徒,也没想过父母是怎样的难过,只一日一日在这里混光阴。一天晚上,他下班,在店门口,却意外看见站在风里的父亲。父亲到底放心不下他,从安徽摸到这儿来看他。父亲只问了他两句话,第一句话是,你真的不想读书了?他答,是。第二句话是,你真的很喜欢理发?他答,是。父亲说,那好,那就这样吧。他哭了,觉得对不起忠厚老实的父亲,他在心里暗暗发誓,一定要好好学好手艺,混出个人样来。

他变了个人似的,勤快刻苦,白天在店里忙忙碌碌,晚上回到住宿的地方,苦练手艺,甚至拿自己的头做试验品,把自己的头发剪得如风吹雨打过。他的梦想,是成为一个出色的发型设计师,到那时,他就回家开一家特色美发店。如果做得好,还可以开连锁店呢,他说。双眸星星般的,闪闪发亮。

我的发型变化不大,只需稍稍打理一下就可以了,我让他做。他很激动,握剪刀的手,颤抖着,几乎是帮我一根头发一根头发数着剪,是精雕细琢了。

我走,他送到门外,非常感激地说,姐,谢谢你。我说,谢什么呀,你理得很好的。他仍说,姐,谢谢你。

年前,我去他们店里,店里挤满了人。他在忙,忙得脚不沾地,浑身却洋溢着掩不住的喜悦。我问他,骆卡,有什么好事呢,这么高兴?他不说，只抿着嘴乐。却在帮我吹头发的当儿，憋不住了，手伸到衣袋里掏啊掏，掏出一张车票来，扬给我看。他说，我的，回家的车票。我还没来得及说点什么，他又接着兴奋地说，年三十中午的车，我可以赶上到家吃年夜饭的。

花盆里的风信子

他一直不是个好学生，惹是生非，自由散漫，不学无术。老师们看到他就摇头，同学们也不待见他。为了让他少惹事，老师们对他说："张星，这次考试，你可以不参加。""张星，星期天补课，你可以不来。"那么，好吧，他乐得逍遥，整日里游东逛西，打发光阴。偶尔坐在教室里，也是伏在课桌上睡觉。

新来的女老师，有双美丽的大眼睛。女老师特别喜欢花草，自己掏钱包，买来很多的花草装点教室。这个窗台上搁一盆九月菊，那个窗台上放一盆吊兰，教室被她装点得像个小花园。

那天，上课铃声响过后，他才拖拖沓沓进教室，却遇见女老师一双微笑的眼。女老师手上托一个小花盆，对他说："张星，这盆花放在你旁边的窗台上，交给你管理，可以吗？"

他有些意外，一时竟愣住了。定睛看去，花盆里只一坨泥，哪里有半点花的影子。女老师看出他的疑惑，笑吟吟说："泥里面埋着花的根呢，只要你好好待它，它会很快长出叶来，开出花来。"

他接下花盆，心慢慢湿润了，第一次有种被人信任的感觉。虽然表面上，他还是一副满不在乎的样子。

他极少再东游西荡，待在教室里的时间，越来越长。他不再伏在桌上睡觉,他给那盆花松土,浇水。他的眼光,常不由自主地望向那个小花盆,心里开始充满期待。

春寒料峭的日子,那盆土里,竟冒出了嫩黄的芽。芽最初只有指甲大小,像羞怯的小虫子,探头探脑地探出泥土来。他忍不住一声惊叫:"啊,出芽了!"心里的欣喜,排山倒海。同学们簇拥过来,围在他的座位旁,和他一起观看花长芽。弱小的生命,在他们的守望中,渐渐蓬勃起来。三月的时候,葱绿的枝叶间,开出了桃红的花,一朵,再一朵。居然是一盆漂亮的风信子。

他激动地拉来女老师。女老师低头嗅花,突然微笑地问他:"张星,你知道风信子的花语是什么吗?"他茫然地摇摇头。女老师说:"风信子的花语是,只要点燃生命之火,便可同享丰盛人生。"他没有吱声,若有所思地打量着那盆花。桃红的花朵,像燃烧着的小灯笼,把他黯淡的人生,照得明亮起来。

他开始摊开课本,认真学习。本不是个笨孩子,成绩很快上去了。老师们都有些惊讶,说:"张星啊,没看出你这小子还有两下子呀。"他羞涩地笑。坚硬的心,像窗台上的那盆风信子,慢慢地盛开了。有些疼痛,有些欢喜。做人的感觉,原来是这么的好。

后来,他毕业了。由于基础太差,他没能考上大学。但他却找到了自己的人生支点,租了一块地,专门种花草。经年之后,他成了远近闻名的花匠,培育出许多品质优良的花卉,其中,有各种各样的风信子。

月亮像月亮

阳阳是我邻居的女儿，四岁，有一双圆溜溜的眼，很小人精的样子。

小区修葺花园，运来一堆沙。阳阳可找到乐子了，守着一堆沙，一玩就是大半天。她不辞辛苦地把沙子装进一个小颈的瓶子里，再倒出来。再装，再倒。或者，抓起一把沙子，随手一扬。沙子飘落，灌她一头一身。她的笑声，也跟着跌落。

我在一边看着好笑，问她，阳阳，这沙子有什么好玩的？

她头也不抬地答，好玩就是好玩呗。继续玩得不亦乐乎，把沙子装进瓶子里，再倒出来。再装，再倒。碎碎的阳光，金粉一样的，铺她一身，她是淹在金粉里的孩子。

看着她，怔怔想，从前的自己，也是这般无忧着的吧？玩泥巴、捉蜻蜓，把捡来的石子当作宝贝，塞满裤兜。

在孩子的眼睛里，这世上的一切，原都是充满生机充满乐趣的，所以，快乐无处不在。只是，从哪一天起，这些快乐离我们越来越远，直至，看不见了？

阳阳喜欢唱歌，一天到晚，她的嘴里，都在哼哼唧唧地唱着。有时唱得兴起了，还伴以一些动作，手也舞足也蹈的。一次，我认真听她唱歌，却一句也没听懂。

笑问她,阳阳,你唱的是什么歌呢?

她奇怪地看我一眼,说,我唱的是我自己的歌啊。

她继续唱,对着一盆盛开的茶花唱,对着窗前飞过的鸟儿唱,对着天空唱,对着自己的玩具唱。甚至,对着一面墙壁唱。神情专注,姿势投入。

每个孩子的心里,原都装满了属于自己的歌。你若路过,不妨聆听。那种天籁之音,从前的你,也有,也有啊。可是,什么时候你把它搞丢了呢?

一个月朗星稀的夜晚,我和邻居带着阳阳一起在小区散步。天空真是明净,黛青色的天幕上,只缀着一个月亮,像画上去似的。清风徐徐,这样的夜晚,适合抒情。我的脑子里,很是应景地蹦出这样的诗句来:"月出皎兮,佼人僚兮。舒窈纠兮,劳心悄兮。"古人远比今人浪漫,他们的情感,是从自然里生长出来的,看到月亮,自然联想到月下美人,想得心里爬满忧伤——不能相见的苦。

阳阳在我们前面蹦蹦跳跳,像一只快乐的小鹿。月色浮动,四野澄明。我把她捉住,指着天上的月亮问她,阳阳,你看,天上的月亮像什么?

我猜她会脆生生背出"小时不识月,呼作白玉盘"之类的诗来,她念过这样的诗。谁知这小人儿抬头看了看天空,认真地告诉我,月亮像月亮啊。

月亮像月亮,多么恰当的比喻!我被一个孩子折服。古今中外,那么多优美的描写月亮的诗句,都没有这一句来得真,来得美。可不是么,月亮若不像月亮,它还能像别的什么呢?人生抛却了那么多的弯,还原成最初真实的模样,你就是你,我就是我,月亮就是月亮。

笔　缘

我是被他店里的古朴吸引住的。

店门口，青花蓝布之上，悬一支特大号的毛笔。笔杆是用青花瓷做的。谁舍得用这笔来写字啊，得收着藏着才是。

这是边陲古镇。一街的鼎沸之中，它仿佛一座小岛，安静得不像话。

我也才从那大红大绿的热闹中走过来。看见这店，身旁的大红大绿全都走远了，喧闹声响也都走远了，人自觉静了。

怎么能不静？看他，静静的一个人，像支悬在墙上的狼毫。白衬衫，褐色皮围裙，戴一顶卡其帆布帽，安坐于店堂口，手握镊子，膝上摊一堆说不上是什么动物的毛，一根一根地拣。他每拣一根，都要对着光亮处仔细看一下，分辨出毛的成色、锋颖、粗细、直顺，等等。复低头，再拣。这样的动作，他不厌其烦地做，一做十五年。

店堂狭窄，只容一人过。两边墙壁上，悬着字画。笔架上，各色各样的毛笔，或插着，或悬着，或躺着。有长有短，有粗有细，总有成百上千支吧。这些，全都出自他的手。一根毛一根毛地拣出来，然后，浸泡于水中，用牛角梳慢慢梳理，去绒、齐材子、垫胎、分头、做披毛，再结扎成毫。他说，做成一支毛笔，要一百二十道工序，每一道都马虎不得。

从前他不是做笔的。他父亲是。他父亲的父亲也是。算是祖传了。

父亲做笔,名声很大,方圆几百里,都叫得响。有个顶有名的书法家,专程跑上几百里,去买他父亲做的笔,一买几十年。书法家说,不是他父亲做的笔,那字,就不成字了,总也写不出那种味道来。

父亲临终前,难咽气,说断了祖宗手艺。他当时在一家机械厂任职,还是个副厂长呢,多少人羡慕着啊。可是,为了让父亲能闭上眼睛上路,他选择了辞职,拿起镊子和牛角梳。

这一做,就放不下了。说是热爱,莫若说是习惯了吧。每天早上醒来,他总要摸摸镊子和牛角梳,再把室内所有的笔,都数望一遍,才安心。这种感情,不能笼统地说成执着或是热爱。它是什么呢?就好比你饿了要吃饭,你渴了要喝水,你打个喷嚏会流眼泪,就这样自然而然的。哎呀,说不清啦,最后他这么说。

他辗转过不少地方,带着他的手艺。我这卖的不是笔,卖的是懂得,他强调。现在,能静下心来写字画画的人少,懂得欣赏这种手工艺的行家,更少了。他来到这边陲小镇,一年四季观光客不少,也总能碰上一两个懂笔的知己。所以,他住了下来。有个安徽的书法家,问他订制了十万块钱一支的羊毫。那得在上万只羊身上,挑出顶级中的顶级的毛,没有任何杂质,长短色泽粗细都一样。他为做这支羊毫,花费了大半年时间。

遇到懂它的人,值!他笑了。房租却越来越贵,原来的店铺有两大间呢,宽敞明亮的,好着呢。现在只剩下这么一小间了,他说。

他有两个孩子,一儿一女,都念初中了。孩子却对做笔没兴趣,有时放学回来,他让他们帮着拣拣毛,他们却弄得乱七八糟的。坐不住哇。做这个,得耐得住性子,还要耐得住寂寞。

他姓章,叫章京平。江西人。他在他做的每支笔上,都刻上了他的名字。

我不懂笔。但我还是问他买了两支,八十块钱一支。笔杆上,镶了一圈青花瓷,很典雅。我带回来,插在书房的笔筒中。外面的桂花或是梅花,开得正好的时候,我会掐一两枝回家,和这两支毛笔插在一起。

美 女

我是在朋友任职的校园内碰到她的。

她胖，且黑，看不出实际年龄。却穿红着绿，耳边斜插着一朵花，花大红，艳若朝霞。其时，她手上提着一个蛇皮袋，正弯腰捡拾地上的废纸片。我虽知各地服饰有异，但这样的装扮，总还是有点奇怪的。

朋友那儿的人，似乎个个都认得她，大家对她的装扮习以为常，热情地跟她打招呼："美女，你好啊。"他们这样叫。她不回话，只咧着嘴，笑嘻嘻看着喊她的人。

我的惊讶，是不言而喻的。朋友未及我询问，便笑着对我说："你很奇怪吧？她的名字，真的就叫美女。"

天生智力障碍，她从小就没有完整地说过一句话。却爱美，喜欢穿红着绿，耳边终日不离一朵花。春插桃花，秋插菊，反正，季节里有什么花，她就插什么花。她起初也没名字，因是家里老三，姓顾，大家便都叫她顾呆三。她听见了，翻着白眼看着叫她的人，很不乐意。后来，有人开玩笑叫她美女，她听得欢喜，笑嘻嘻地应一声："哎。"那一声哎，脆脆的，字正腔圆。自那以后，大家便都叫她美女。她的姓，也渐渐被人忘了。

美女到达谈婚论嫁的年龄，嫁人了。男人家穷，娶不到媳妇，就把美女娶回家。美女竟很争气，很快给男人添了一个胖胖的儿子。儿子活泼可爱，能说会跳，智力完全正常。男人高兴坏了，寻思着外出赚钱，要为儿子的将来，好好积攒一笔财富。

男人先是去煤矿上做工，苦了几年，赚了第一笔辛苦钱。有了这笔钱打底，男人开始跑些小买卖，贩些袜子手套的来卖。几年后，男人竟盘下一辆二手货运车，搞起运输来，家里的日子，渐渐红火。大家都替美女高兴，私下议论，看看，傻人有傻福，果真不假。

美女的儿子上小学的时候，男人出事了，货运车撞上路边的栏杆，翻了下去。男人侥幸地捡回一条命，却全身瘫痪了。

美女面对这从天而降的灾祸，懵懂得很，她照旧穿红着绿，在耳边斜斜地插一朵花，却自然而然地，把一个家，给撑了起来。她天天提着一个蛇皮袋，去外面捡拾垃圾。她知道学校的垃圾最多，所以，每天都会来。老师们同情她，都把废报纸废作业本给她留着。她开开心心收下，并不立即转身就走，而是埋头把老师们的办公室，给打扫得干干净净的。美女以这样的方式，来回报老师们。

有人给美女钱，她不肯要。给她吃的，她笑嘻嘻收下，自己不吃，用手紧紧捂着，带回去，给男人和孩子吃。她的男人瘫痪好几年了，还活得好好的。她的儿子，也快小学毕业了，成绩相当好。

仙人掌不哭泣

童梦弟搬来我家隔壁住的时候,手里托着一盆仙人掌。

我家隔壁,是两间老式平房。门前铺着细细的条砖,砖缝里长草,也冒出一朵两朵的小黄花。原主人买了新房,搬走了,两间平房做了出租用。

初秋的天,已有了凉意,雨飘得细细密密。砖缝里的小黄花,在雨里瑟瑟,童梦弟却穿着一条超短裙,裸露着修长的双腿。她跟着房主,一路走,一路笑,浑身洋溢着欢喜。

她住下后不久,就来拜访我,送我一盆仙人掌。

"我妈说过,邻居好,赛金宝。"她笑。唇红齿白,青春逼人。

"姐姐,这个很好长的,你不用怎么理它,它也能长得很好。"她把仙人掌放到我的窗台上,退后两步看看,觉得满意。她告诉我,她的老家,家家都长这个。"哪里碰伤了,用它的汁液搽搽就好了。"她说。

这便相识了。院门外遇见,她总是脆声声地跟我打招呼,一口一个姐地叫我。脸上始终如一的,是花开般的笑容。

她做的工作,很杂,我在街上遇见过几次。一次她在路口散发传单,怀里抱着一大捧彩印的广告。一次在商场门口,临时搭建的舞台上,她又唱又跳的,为商场促销搞宣传。还有一次,我在路边的地摊上碰到她,她在吆喝着卖一些廉价的棉袜子。不管在哪里遇见，都能见到她的笑容，花一般开在脸上。

童梦弟说："我要攒很多很多的钱，我要寄钱给家里，我还要买幢房子，不一定要多大，但一定要够两个人住，我要和我喜欢的人在一起住一辈子。"这是童梦弟的理想生活，很寻常，亦很动人。这个时候，我们已经很熟了。我约她来我家里喝茶，新沏的茉莉花茶。她手里捧一团毛线过来，手指在棒针上上下下，上上下下，不停地编织。那是外贸加工的线衣，织一件，可换十五元的加工费。

她的老家在贵州。深山老沟里，开门看到的全是石疙瘩。能见到土的地方，都被他们开垦出来，种上土豆，种上苞谷。她上面有一个姐姐，下面有三个妹妹。父母盼男孩，给她取名梦弟。她的妹妹分别叫盼弟、招弟、来弟。"名字很俗气，是吧？"她低了头问我，吃吃笑，"不过，我很喜欢，因为，这是我妈给取的。"

她的姐姐在12岁上，得病没了。她成了家里最大的孩子，书只念到小学三年级，就回了家。她要带妹妹，要帮父母干活。尽管，她是那么喜欢念书。

13岁那年，她母亲得了一种奇怪的病，全身浮肿。家里没钱送母亲去大医院，两个月后，母亲走了。"要是我那时能挣钱，我妈就不会死了。"她说到这里，有些自责，脸上的笑容黯淡下来，好长时间没再言语。唯有十指，在棒针上上上下下，上上下下，舞得人眼花缭乱。

15岁，她跟了村里人出来打工。做过保姆，在饭店端过盘子，做过化妆品推销员。最穷困潦倒时，她睡过桥洞，去垃圾桶里捡过食物吃。她辗转过不少城市，这让她骄傲。

"简直就是免费旅游呀。"她又笑起来，有些自得地晃了晃头。后来她挣钱了，她挣的钱不但养活了她的家人，还让妹妹们都能把书读下去了。现在，她最大的妹妹盼弟，已大学快毕业了。"她成绩很好的，也能自己挣钱给自己花了。"日子算是苦尽甘来了，童梦弟的梦想，开始闪光。

她说她也要做个有知识的人。问我讨了些书去读，又买了钢笔字帖练字。一次，她拿了她练的字来给我看，我看到上面写着一首拙朴的小诗，题为《仙人掌不哭泣》：

  仙人掌不哭泣
  因为泪水对它来说
  十分十分珍贵
  它用它浇灌心灵
  它用它滋养身体
  卑微的生命
  因此开出美丽的花朵

我说不错啊，这谁写的诗？童梦弟就很不好意思，她第一次在我跟前忸怩起来，低头吃吃笑半天，才告诉我说是她写的。我真诚地叹，写得不错，真的不错。她听了，非常非常开心，千恩万谢地走了。

这之后，每隔一两天，童梦弟就会拿了她的新作来给我看。那些诗作虽稚嫩，却清新自然，带着泥土的气息。她兴奋地说，她正试着投稿，等她挣到第一笔稿费，一定请我吃饭。

有一段日子，我很少见到童梦弟。隔壁的门，整日整夜地关着。要不是晾衣绳上，晾着一件她的黑裙子；要不是窗台上，摆放着她长的两盆仙人掌，我会疑心，我的隔壁，童梦弟从来没有来住过。

再见到童梦弟，秋已深了。平房前，砖缝里的小草和小黄花们，都已萎了。她来敲我的门，穿一件绛红色线衣，素妆着，笑容明艳。她问我有没有葱，她说："我想学做扬州炒饭呢。"

我好奇地问她这些日子去了哪里。她只管抿了嘴笑，后来才告诉我，她和一个人，回了她的老家一趟。

原来，她爱了。在来这儿之前，她在北方的一座城，已拥有一份收入很不错的工作，但她遇见了他。她毅然放弃了好好的工作，跟着他，一路来到这里。只因为，他的家在这里，他不愿离开家。

我给了她一把葱。不一会儿，她端一碗扬州炒饭来，请我尝。我尝一口，赞："味道真不错，像正宗的扬州炒饭呢。"她眼睛亮亮地看着我，欢喜地问："真的？"

她喜欢的那个人，是最爱吃扬州炒饭的。"他祖上是扬州的呢，他曾祖父，还在扬州做过官呢。"她说起他来，眉眼里，全是笑。

几天后，我看到一个男人，出入她的小屋。男人模样一般，举止倒也温厚。他帮童梦弟晒被子，在晾衣绳上，一遍一遍扑打上面的尘粒。他一来，童梦弟就去菜场，买回一堆菜，一头钻进厨房里，忙得油烟四溅。

转眼之间，冬天来了。

第一场冬雪倏然降临，不过眨眼之间，树白了，屋子白了，路白了，整个世界，都白了。我找出相机，去叫童梦弟出来一起拍雪景。门敲了许久，童梦弟才来开门，身上裹一件毛毯，凌乱着一头长发。

我一眼瞥见，她的眼窝底，有深深的泪痕。正诧异着准备询问，她的脸上已换上笑容，花开一般的。她说："姐，你等我一下啊。"转身冲进房内，再出来，她已换了装，上身套一件红色外套，脚上蹬一双红色雪地靴，脸上施了薄粉，长长的头发，绾在脑后。她又变成我熟悉的童梦弟，靓丽阳光得跟一朵红梅似的。

那天，我们在雪地里疯玩了好久，拍了许多漂亮的照片。童梦弟表现得非常开心，她在雪地里奔着、跳着，像只快乐的红狐狸。

我是在一些天后才得知，那时，童梦弟已怀上男人的孩子，而男人，却不能接受她了。男人的父母一直不同意男人与她交往，尽管她做出种种努力。她给他父母织线衣，一件一件，从上衣，织到毛裤。她去他家，小保姆似的，里里外外帮着打扫。隔三岔五的，她会买了他父母爱吃的糕点，送过去。她甚至托父亲，做了贵州特产——熏肉，打包寄过来，让他父母品尝。他们还是不能接纳她，嫌她是外地的，嫌她家穷，嫌她没文凭。男人在父母的安排下去相亲，很快与一本地女孩开始交往。她选择了放手，关在屋子里，独自疗伤。自始至终，她都没有告诉男人，怀上孩子的事。

腊月底，空气中到处都弥漫着浓浓的年味，家家户户都着手准备过新年了。童梦弟跑来跟我告别，她把她养的几盆仙人掌，全都送给了我。她说她要去别的地方，不会再到这里来了。她说有机会，她很想去读读书，在大学校园里散散步。她说她会活得好好的，找到一个真正喜欢她的人，一起过一辈子。她说这些时，脸上始终挂着花开般的笑容。

我问她："恨他吗？"她笑着摇摇头，说："不。就当是我不小心，碰破了点皮，用仙人掌的汁液，搽搽就好了。"

新年过后，我隔壁那两间老式平房里，很快搬来新的租客，是一对做生姜生意的年轻夫妇。清晨，他们一起推了拖车，去卖生姜。晚上，他们一起拉着拖车回家，一起做饭，隔着一些尘粒和油烟，大着嗓门说笑。他们总使我想起童梦弟，她的理想生活，就是这样的。

暮春的一天，童梦弟送我的几盆仙人掌，在不知不觉中，开了花。花粉粉的，重瓣，像微笑着的人的脸。

第三辑

与自己和解

生命之弦,原有它承载的极限和底线,绷得过紧,势必弦断。

小 欢 喜

喜欢这样一种状态：太阳很好地照着，我在走，行人在走。微笑，我们对面相见不相识。心里却萌生出浅浅的欢喜，就像相遇一棵树，相逢一朵花。

路边的热闹，一日一日不间断。上午八九点的时候，主妇们买菜回家了，她们蹲在家门口择菜，隔着一条巷道，与对面人家拉家常。阳光在巷道的水泥地上跳跃，小鱼一样的。我仿佛闻到饭菜的香，这样凡尘的幸福，不遥远。

也总要路过一个翠竹园。是街边辟开的一块地，里面栽了数杆竹，盖了两间小亭子，放了几张石凳石椅，便成了园。我很爱那些竹，它们的叶子，总是饱满地绿着，生机勃勃，冬也不败。某日晚上路过，我透过竹叶的缝隙，看到一个亮透了的月亮，像一枚晶莹的果子，挂在竹枝上。天空澄清。那样的画面，经久在我的脑海里，每当我想起时，总要笑上一笑。

还是这个小园子，不知从哪天起，它成了周围老人们的天下。老人们早也聚在那里，晚也聚在那里，吹拉弹唱，声音洪亮。他们在唱京剧。风吹，丝竹飘摇，衬了老人们的身影，鹤发童颜，我常常看得痴过去。京剧我不喜欢听，我吃不消它的拖拉和铿锵。但老人们的唱我却是喜欢的，我喜欢看他们兴高采烈的样子，那是最好的生活态度。等我老了，我也要学他们，天天放声歌唱，我不唱京剧，我唱越剧。

路走久了，路边的一些陌生便成熟悉。譬如，拐角处那个卖报的女人，我下班的时候，会问她买一份报，看看当天的新闻。五月，她身旁的石榴树，全开了花，一盏盏小红灯笼似的，点缀在绿叶间，分外妖娆。我说，你瞧，这些花都是你的呀。她扭头看一眼，笑了。再遇见我，她会主动跟我打招呼，送上暖人的笑。有时我们也会聊几句，我甚至知道了，她有一个女儿，在读高中，成绩不错。

还有一家花店，开在离我单位不远的地方。花店的主人，是个男人，看起来五大三粗的。男人原是一家机械厂的职工，机械厂倒闭后，男人失了业。因从小喜欢花草，他先是在碗里长花，阳台上长一排，有太阳花，有非洲菊，有三叶草。花开时节，他家的阳台上，成花海。左邻右舍看见，喜欢得不得了，都来问他讨要。男人后来干脆开了一家花店，定制了一些奇奇怪怪的小花盆，专门长花草。那些小花盆里长出的花草，都一副喜眉喜眼的样子，可爱得很。看他弯腰侍弄花草，总让人心里生出柔软来。我路过，有时会拐进去，问他买上一盆两盆花，偶尔也会买上几枝百合回家插。他每次都额外送我几枝满天星，说，花草可以让人安宁。真想不到这样的话，是他说出来的。一时惊异，继而低头笑，我是犯了以貌取人的错的。我捧花在手，小小的欢喜，盈满怀。

也在路边捡过富贵竹。是新开张的一家店，门口祝福的花篮，摆了一圈。翌日，繁华散去，主人把那些花篮，随便弃在路边。我看见几枝富贵竹夹杂在里头，蔫头耷脑的，完全失了生机。我捡起它们，带回家，找一个玻璃瓶插进去。不过半天工夫，它们的枝叶已吸足水分，全都精神抖擞起来。

再隔几日，那几枝富贵竹竟冒出根须来，隔了一层玻璃看，那些根须，很像银色的小鱼。我把它们放在我的电脑旁，无论我什么时候看它们，它们都是绿莹莹的。这捡来的一捧绿，让我心里充满感动和快乐。

曾经我想过一个问题：这凡尘到底有什么可留恋的？原来，都是这些小欢喜啊。它们在我的生命里，唱着歌，跳着舞。活着，也就成了一件特别让人不舍的事情。

住在自己的美好里

　　一只鸟，蹲在楼后的杉树上，我在水池边洗碗的时候，听见它在唱歌。我在洗衣间洗衣的时候，听见它在唱歌。我泡了一杯茶，捧在手上恍惚的时候，听见它在唱歌。它唱得欢快极了，一会儿变换一种腔调，长曲更短曲。我问他："什么鸟呢？"他探头窗外，看一眼说："野鹦鹉吧。"

　　春天，杉树的绿来得晚，其他植物早已绿得蓬勃，叶在风中招惹得春风醉。杉树们还是一副大睡未醒的样子，沉在自己的梦境里，光秃秃的枝丫上，春光了无痕。这只鸟才不管这些呢，它自管自地蹲在杉树上，把日子唱得一派明媚。偶有过路的鸟雀来，花喜鹊，或是小麻雀，它们都是耐不住寂寞的，叽叽喳喳一番，就又飞到更热闹的地方去了。唯独它，仿佛负了某项使命似的，守着这些杉树，不停地唱啊唱，一定要把杉树唤醒。

　　那些杉树，都有五六层楼房高，主干笔直地指向天空。据说当年栽植它们的，是一个学校的校长，他领了一批孩子来，把树苗一棵一棵栽下去。一年又一年，春去春又回，杉树长高了，长粗了。校长却老了，走了。这里的建筑拆掉一批，又重建一批，竟没有人碰过它们，它们完好无损的，无忧无虑地生长着。

　　我走过那些杉树旁，会想一想那个校长的样子。我没见过他，连照片也没有。我在心里勾画着我想象中的形象：清瘦，矍铄，戴金边眼镜，文质彬彬。过去的文人，大抵这个模样。我在碧蓝的天空下笑，在鸟的欢叫声中笑，一些人走远了，却把气息留下来，你自觉也好，不自觉也好，你会处处感觉到他的存在。

鸟从这棵杉树上，跳到那棵杉树上。楼后有老妇人，一边洗着一个咸菜坛子，一边仰了脸冲树顶说话："你叫什么叫呀，乐什么呢！"鸟不理她，继续它的欢唱。老妇人再仰头看一会儿，独自笑了。飒飒秋风里，我曾看见她在一架扁豆花下读书，书摊在膝上，她读得很吃力，用手指着书，一字一字往前挪，念念有声。那样的画面，安宁、静谧。夕阳无限好。

某天，突然听她的邻居在我耳边私语，说那个老妇人神经有些不正常。"不信，你走近了瞧，她的书，十有八九是倒着拿的，她根本不识字。不过，她死掉的老头子，以前倒是很有学问的。"

听了，有些惊诧。再走过她时，我仔细看她，却看不出半点感伤。她衣着整洁，头发已灰白，却像个小姑娘似的，梳成两根小辫子，活泼地搭在肩上。她抬头冲我笑一笑，继续埋头做她的事，看书，或在空地上打理一些花草。

我蹲下去看她的花。一排的鸢尾花，开得像紫蝴蝶舞蹁跹。而在那一大丛鸢尾花下，我惊奇地发现了一种小野花，不过米粒大小。它们安静地盛放着，粉蓝粉蓝的，模样动人。我想起不知在哪儿看到的一句话：你知道它时，它开着花；你不知道它时，它依然开着花。是的是的，它住在自己的美好里。亦如那只鸟，亦如那个老妇人，亦如这个尘世中，我所不知道的那些默默无闻的生命。

不舍得

九月的小雏菊,开得呼啦啦的时候,我的一个同事,从一幢高达22层的楼上,纵身跳下。

所有人都蒙了。因为他一向开朗热情,待人谦和,有嘹亮的歌喉,亦写得一手好文章,是大家公认的才子。却因心中某个结没解开,他竟抛下12岁的儿子和柔弱的妻,自管自地,飘然远走。他走后好长时间,我的眼前,还纷飞着他儿子的眼泪、妻子的眼泪。他们一生的悲伤,谁来承接?

后来,我去新建的市民广场,站那儿,可以遥望到他的家。广场上灯光璀璨,灿若白昼。喷泉随着音乐,不断变幻出各种各样的图案——水在跳舞,水在开花。孩子们在水雾中,快乐地穿过来,穿过去。不远处的水上电影,更是吸引了一大批市民,他们围坐在湖边,人声鼎沸。

还有放许愿灯的。一盏盏,飘上天空。起初像一朵硕大的花,在头顶上开着。渐渐地,飘远了,飘成行走的星星。夜幕下,只望见一点红,直至,完全被夜色淹没。多少的祝愿和美好,撒落四方。

我倚着一座桥的桥栏,看着桥下被灯光染得五颜六色的流水想,若是我的同事还活着,这会儿,他一定也会领着他的妻子儿子来,给他们买上一盏许愿灯。这人群里的欢乐,也有他们一份。

他走了，他把他们的欢乐也给带走了。

读一段社会新闻，读得意难平。一对年轻夫妻，因琐事吵嘴，吵着吵着，两个人都自觉没活头了，一个负气跳了楼，另一个负气上了吊。可怜他们20个月大的孩子，懵懂无知地站在一边，一声一声叫着，爸爸，妈妈。稚嫩的声音，让人心酸。从此的凄风苦雨，谁来为他遮挡？还有，巨大的阴影，该笼罩这个孩子一生吧。

患绝症的朋友，给我上了有关生命的另一课。肝癌，晚期，治愈率几乎无，但朋友却坚信会有奇迹发生。"我怎么舍得走呢？我还要陪着女儿长大，还要看着她出嫁的。"他爽朗地笑，拼命把一只鸭梨吃下去。

这是盼活。他挨过一年，再一年，到第三年，才走了。比医生宣布的生命极限，整整多出了两年半。在这两年半的时间里，他看着小女儿，由幼儿园的小朋友，成为一个小学生。他辅导妻子，考上了公务员。他在房前屋后，栽满了花花草草。因为不舍，他以另一种方式，活着。

跟我家那人聊到生死。我说，除非是意外灾难，我无法避免，否则，我不会轻易丢掉性命，我爱这个世界，我爱我自己。

是的，我爱。你看，花开得还是那么好，雏菊、蜡梅、水仙花，缤纷；你看，树的叶，又一点一点冒出来，春天就在不远处；你听，尘世中的一些声音，每天在响：荒货，荒货，可有荒货卖哦——穿街走巷，为生存计，辗转奔波。芸芸众生，凡来尘往，这鲜活着的一切，叫我如何舍得？

与自己和解

一只瓢虫,爬上我的书桌。我用一本书去挡它的道,它稍稍愣了会儿,仿佛有点纳闷。而后它伸出触角,小心地碰了碰那本书,那本书对于小小的它来说,无异于一座山丘。

我以为它要一往无前的,然它放弃了。它果断地转身,向着别处爬去。我又用书去挡,它诧异地停下,重复先前的动作,用触角去碰那本书。等它确信,它不能推翻掉那本书时,它突然扇动翅膀,飞到近处的窗帘上。窗帘的柔软,让它觉得舒适,它稍事休息,又继续它的愉快之旅。我把窗子拉开一条缝,很快,它从那条缝隙里,爬出去了,它回到了它的自然里。

我在心里祝福了这只瓢虫,它很聪明,懂得适时放手,与自己和解。

我们人,有时却不及一只瓢虫。

认识一个叫荷的女孩,才华横溢,写一手好文章,漫画也画得极有特色,是一家出版公司的图书策划编辑。出色的才干,让她很快脱颖而出,成了那家出版公司的顶梁柱。白天,她奔赴在一家又一家的图书市场,搞调研,写策划方案。晚上,她一头埋进约稿堆里,写作,画漫画。常常她的文章写完了,漫画画好了,窗外的天空,已发白。

"累,真累。"这几乎成了她的口头禅。她的日子里,仿佛覆盖着一场又一场大雾，茫茫复茫茫，无尽头。她没有时间完完整整听一首音乐，没有闲情去看一部电影。更遑论听听花开的声音，看看云飘的样子，她甚至没有时间，好好谈一场恋爱。

也知道这样的日子，过得很不是滋味，整天憔悴着一张脸，未老先衰，却不能停下奔跑的脚步。"我一天不努力，也许就被别人甩得远远的了。"她说。

重重压力之下，她变得越来越不快乐，最后，竟患上了严重的抑郁症。一天，她趁人不备，跳了楼。

惋惜！那些文章，她完全可以少写一些；那些漫画，她完全可以少画一点。生命之弦，原有它承载的极限和底线，绷得过紧，势必弦断。

朋友倩也曾是个十分要强的人。她经营一家大型超市，事必躬亲，事无巨细，常常累得人仰马翻，心情烦躁。直到有一天，四岁的女儿哭着对她说："你不是我妈妈。"她大惊失色，忙问为什么。女儿答："小朋友的妈妈，都陪小朋友玩，你从来没有陪我玩过。"

倩的心，像被一把锐器划过，尖利利地疼。那天，她放下手头一切工作，带女儿去逛公园，陪女儿去吃必胜客，她们一直玩到很晚才回家。月亮升起来了，皎洁圆润，她和女儿头挨头地在一起看月亮。女儿摸着她的脸，稚嫩的声音，把她的心泡软，女儿说："妈妈，你的脸像月亮，我好喜欢呀。"倩的眼睛湿了，那一刻，她忽然明白了，她想要的生活是什么。钱永远赚不完的，而与女儿的相守，每一分每一秒，都是难能可贵不可再生的。

从此后，倩放缓了前行的脚步，主动与自己达成和解。她告诉我，现在她每天都去幼儿园接女儿。当她牵着女儿的小手，从一棵一棵的梧桐树下走过，从大朵大朵的美人蕉旁走过，小麻雀们排着队在树上唱歌，她嗅到了幸福的味道，浓烈的，花香般的。

老去不浪漫

年轻的女孩,在她博上很抒情地写下,老去是一件浪漫的事。我看着微笑,她多像曾经的我,看到夕阳下独坐的老人白发苍苍,脸上波平浪静的,只觉得禅意极了。羡慕这样的老去,以为人生至此,百念全消,复归自然。像一棵树,一株草,沉默于山林。

年轻的时候,哪里懂得,生活根本不是油画,在它背后,隐藏着无数的孤寂、无奈、不堪和苦痛。

我的祖父91岁了。亲朋好友都说,活到老爷子这份上,是福分,寿大福大。大家说这话时,老爷子一个人枯坐在小屋前,无声无息地,朝着远方望着。小屋前长一棵梨树,一棵枣树,是老爷子亲手栽的。

当年,老爷子还能跳起来摘梨,爬上枣树去摘枣,现在老爷子眼也花了,耳也聋了。也无人愿意低俯到他的身边去,听他慢慢说话。大家热闹着来,明着是来看老爷子,实际上是找了由头相聚,倒把老爷子撇一边。吃吃闹闹散场去,遥遥冲老爷子挥一挥手,说声:"爷爷,走啦!"也不管他听没听到,各自回各自的家去了。

一日,我去看老爷子。从小,我跟他的感情最为深厚。他知道是我去了,紧紧拉着我的手不放,喃喃说:"我现在,除了吃,没什么用处啦,是个废人啦。"

听得我伤感,却无力改变。想他曾是多么刚性的一个人哪,说话如雷吼,一声下去,小辈中没一个不听的。一辆自行车骑得生风。老街在三十多里外,他一个早上能骑个来回,把家里需要的镰刀给买回来,在房檐下刨木柄,一把斧头使得威武得很。我们人小,站一边看,觉得这样的祖父真了不得,永远不会老。

关照父亲,平时多陪老爷子说说话啊。父亲摊一摊手,苦笑道:"跟他说了他也听不见啊,再说,家里也忙的。"

是的,老爷子听不到了,他已耳聋多时。我转头看枯坐着的老爷子,淡淡的日光,落在他的白眉毛上。他看上去很像一口枯井,被废弃在岁月的角落里。苍老与荒凉的无奈,只能他一个人收着了。

也曾开过玩笑,化装成文学老太太上网。遇一ID,上来就破口大骂,老不死的,这么老了还上网,还文学!骂得我一愣,我尽量跟他掰理儿,我说你也会老啊,谁不会老呢?能平安过到老,是多大的造化啊,没见过有人半途退场的么!那边未及我把话说完,丢下一句,你这个老不死的,还真能说哈。——一溜烟跑了。

心当下凉去半截。若是将来我真的老了,我得准备好多少勇气,来面对这等无缘无故的漫骂?

朋友也跟我说一事:一日上街,遇见一老人在路上蹒跚,后面突然蹿上来几个小青年,嫌老人挡路了,齐齐骂道,老不死的,这么老了还上街干吗呀!伸手粗鲁地把老人推到一边去。我问,后来老人咋办的?朋友苦笑着说,还能咋办?站路边哭呗。

脑子里便一直盘旋着那个不认识的老人,垂暮之年,孤单行程,谁与之共?这是最最凄凉无助的,哪里还有什么浪漫可言?

然即便如此,我们还是义无反顾地,朝着老的方向奔去。因为人生的每一步,都是一种体验。好的,坏的,我们都将担待着,从而成就人生的完整。

我为什么快乐

你为什么快乐？这个问题，经常被一些朋友拿来问我。

在回答这个问题前，请允许我先讲一个故事：一个长得很丑的女孩，常被别人取笑，她因此活得很自卑很压抑。一天，她去寺庙见佛祖，佛祖吃简单的饭菜，穿粗布衣裳，住简陋的房子。女孩以为清苦极了，然她在佛祖的脸上，看到的却是一派风轻云淡。她不解地问佛祖，佛祖，你为什么快乐？

佛祖笑着反问她，我吃得下睡得着，我为什么不快乐？

女孩恍然大悟，快乐，原是握在自己手中的，她要活出她自己，没必要替别人的取笑买单。

女孩变了，她不再在意别人的眼光，不再在乎别人的嘲弄与讽刺，大大方方地出入一些场合，开开心心的。渐渐地，她成了受欢迎的人，拥有了很多朋友，她的长相被人忽略，大家记住的，是她的乐观和开朗。

从这个故事里，我们可以弄清一个问题，你是为自己活，还是为别人活。若是为别人活，那么，我要告诉你，你永远别想获得真正的快乐。因为，你不可能讨得每个人的喜欢，你合了 A 的口味，难免会让 B 看不惯。你如了 B 的愿，C 又不答应了。你整天在他们之间权衡，奔波折腾，何苦来哉？

还是老老实实做自己吧。你若是只橘子，就注定成不了苹果。你若是根香蕉，就注定成不了梨子。那你还苦恼什么？就好好做你的橘子做你的香蕉吧。橘子有橘子的甜，苹果有苹果的香，香蕉有香蕉的软，梨子有梨子的脆，在很多时候，实在不能比出，谁更优越于谁。

　　有记者采访一个活到103岁的老人，询问他的长寿秘诀，老人的回答只有四个字：保持快乐。

　　记者讶然，追问，生活中，您难道没遇到过不如意吗？

　　老人淡淡笑，目光放逐得很远很远，那是穿透了几个世纪的。

　　旁有人悄悄告诉记者，老人一生经历了战争，经历了饥荒，经历了动乱，经历了无数的生离死别，他所遇到的不如意，能装满满一卡车的。

　　记者动容。老人的脸上，却微波不兴。老人喃喃说，快乐地过是一天，不快乐地过也是一天，日子就要看你怎么过。

　　生活丢给我们两道选择题，一是快乐，一是不快乐。你选择了快乐，你就选择了阳光，选择了温暖。你会看到花开，听到鸟鸣，你会在寻常的日子里，感受到活着的喜悦。即使遇到一些坎坷一些挫折，你也能乐观地面对。因为你知道，唯有快乐，才能减轻生活附加给你的疼痛，坚持一下，再坚持一下，或许就能等来云开日出的那一天。相反，如果你选择了不快乐，整天自怨自艾，你的耳朵将会失聪，你的眼睛将会失明，你听不到清风和流水的欢唱，看不到花开草绿的好。你的世界，布满阴霾，你活得消极又沉闷，生的乐趣，将被你一点一点活埋了。

　　现在，我可以告诉你了，我为什么快乐。那是因为我别无选择，除了选择快乐。

生命自在

去山东，在沂水地下大峡谷，遇见一红衣少年。谷口，挤挤挨挨摆许多摊子，都是卖地方土特产的。红衣少年也夹在其中，只是他的摊子与众不同，他的摊子卖的是蝎子，活的，在几片草叶间蠕动。草叶子装在一个红塑料桶里，有点小恐怖。

少年的左颊上，卧两块铜钱大小的紫红色疤痕，火烧火燎般的。他在抛一枚核桃玩，抛上去，伸手接住。再抛上去，伸手接住。乐此不疲。他的近前，围了一些游人，好奇的居多，大家看看他桶里的蝎子，再看看他。无一例外的，人们都对他脸上的疤产生兴趣：

"这疤是怎么来的？"

他镇定自若地答："胎记。"

"不会吧，哪有胎记是这个样子的？是不是捉蝎子时，被蝎子蜇的？"问者不依不饶。

周围一阵哄笑。

"不，是胎记。"他抬眼笑一笑，继续抛他的核桃玩。

那之后，我时不时地会想到这个卖蝎子的红衣少年，面对哄笑，他镇定自若地答："胎记。"在他那儿，生命以一种自在的方式存在着，不惊不惧，不卑不亢。

辽宁。乡下。傍晚时分，我去村子里转悠。村庄安静得像一个恬淡的梦，石头垒起的篱笆墙上，爬满了扁豆花。墙脚下，活泼的波斯菊满地打着滚，那么多，它们高兴开红花就开红花，高兴开黄花就开黄花，自由自在得不得了。

突然有歌声响起，如黄鹂轻啼，从篱笆墙的那头传过来。我探头去看，一个五六岁的小姑娘，一边唱歌一边弯腰在采花，采一朵，就往头上插一朵。她的头上，开满五颜六色的花。

怕惊扰了她，我悄悄走开去。远处的山峦，在薄暮下隐约。两只晚归的雀，从我头顶上空飞过去，它们落到我眼里的样子，像两朵在空中盛放的黑花朵。遥远的乡下，谁撞见了这份美？大地无言，生命自在。

常去一家水果摊买水果。摊主是个四十多岁的女人，我对她颇有好感。有时想吃水果了，我宁愿多走些路，也要走到她的摊位上去买。她的男人常年生着病，孩子在念中学，一个家全靠她撑着，日子是窘迫的。但她的人，一点也不显得颓败和愁苦，她每天出来摆摊，都会认真地给自己化个妆，描了眉画了唇，人看起来很有神采。她见人总是带着笑，你看着她，心里生着敬意，只觉得她美，美得很。

她让我想到一种花，我不知道那花的名字，它或许本来就没有名字的。深秋的一天，我偶然撞见它的盛放，花小得像米粒。若不是我蹲下去细看，就被忽略了。花在路旁，在一棵冬青树的下面，冬青树枝繁叶茂的，像一道厚重的门，把它给遮住了。可是，它开花了，一开一大片，粉蓝的，虽娇小，却自有着它的奔放热情。美好自在。

爱与哀愁

养过两条小金鱼，一红一白，像两朵小花，在水里开。

为这两条小金鱼，我特地买了一只漂亮的鱼缸。还不辞辛苦，去城郊的河里，捞得鲜嫩的水草几根，放进鱼缸里。

专买的鱼食，放在随手可取的地方。一有闲暇，我就伏在鱼缸前，一边给它们喂食，一边不错眼地看它们。它们的红身子白身子，穿行于绿绿的水草间，如善舞的伶人，长袖飘飘于舞台上，煞是动人。

某天清晨，我起床去看它们，却发现它们翻着肚皮，死了。鱼缸静穆，水草静穆。我难过了很久。朋友得知，笑我："它们是被你的爱害死的。"我这才知道，是我给它们喂食太勤了，把它们活活给撑死了。怅然。从此，不再养鱼。

后来，我又养过一盆名贵的花——剑兰。花朵橘红，叶柄如剑。装它的盆子也好看，奶白的底子上，拓印一朵兰花。一眼看中，目光再难他移。兴冲冲地把它捧回家，当作珍宝，日日勤浇水。不几日，花竟萎了，先是花苞儿未开先谢，后是叶片儿一点一点发黄、卷起，直至整株花腐烂。伤心不已，不明白，我这么爱它啊。还是朋友一语道破天机："你浇水浇得太勤了，花给淹死了。"

自此，我亦不再养花。自知自己是个无法把握爱的尺度的人，爱有几分，哀愁就有几分。如同年轻时的一场恋爱。

那时，满心里装着他，吃饭时，想他爱吃的。买衣时，想他爱穿的。即便是随便在路边看到一朵花开，也想着他，恨不得采了带给他。相处的过程，却不全是欢愉，他常常眉头紧锁，充满忧伤地望着我。那么近，又那么远，仿佛隔山隔水。当时，我心里有不好的预感，只以为自己做得不够好，所以，加倍对他好。最后，他还是提出分手，分手的理由竟是，我太好了，他怕辜负。

爱一个人，原是爱到七分就够了，还有三分要留着爱自己。爱太满了，对他而言不是幸福，而是负担。这是经年之后，我才明白的道理。

我想起一个母亲。结婚好几年，没孩子。后来，好不容易得一子，宠爱有加，真正是含在嘴里怕化了，捧在手上怕跌了。一路溺爱着长大，二十好几的人了，却不学无术，整天关在房内打游戏。一不高兴，就对母亲非骂即打。一日，因母亲劝他早点睡，扫了他打游戏的兴致，他竟勒令母亲跪在地板上，跪了大半夜。一贯木讷的父亲，也被激怒了，终于忍无可忍，趁儿子熟睡，一锤锤死儿子。警务室里，母亲哭得肝肠寸断，语无伦次地说："作孽啊，作孽啊。"

为她痛惜，一个原本天真如雪的孩子，毁了。还有她，和她忠厚老实的男人，这辈子的伤痛，谁能疗治？

世上的道理，原都是这么简单，无论是爱物，还是爱人，都要有节制。月满则亏，水满则溢，有时，太多的爱不是爱，而是巨大的伤害。

不辜负

春天，满校园的花开得扑棱棱的时候，我问了学生们一个问题：有谁能说出，我们这个校园内，到底有多少种花在开？

学生们面面相觑，答不上来。

我说，知道西阶梯教室后，有三棵榆叶梅吗？现在，开了满树粉红的花。知道教学楼旁有两棵结香吗？淡黄的花朵，早已挂满枝头。知道办公楼前的草坪旁，鸢尾花已打出一个个花苞苞吗？还有小径两边的夹竹桃，饭堂门口的月季和虞美人，花开得红红白白，烂漫成一片。图书馆后的两棵小樱桃树，开的花，则是淡粉的。金钟花也已撑开一朵一朵金黄，小酒盅似的……

学生们惊奇地睁大眼看着我，他们日日从花边过，却不见花。从来不知，身边原来有这么多的花，在默默开。

忽略与漠视，已成了我们生活的常态。我们总是忽略跟前的好，像猫一样的，追着风跑，以为远方才有我们所要的美好，而让四季的风景，从身边白白错过。等我们回头想再抓住时，那些风景，已成隔岸。我们只能慨叹一声，回不去了。

是的，回不去了。被我们错过的人，被我们错过的事，也便成了生命中永远的遗憾。

朋友储，中学校长，风华正茂，却患上绝症。平日里他工作起来像玩命，节奏紧张得呼吸也难。我们几个朋友聚，约他，他很少能到场。一句话，忙，忙得走不开。改天吧，改天我请你们一起钓鱼去。每次他都这样说，却从不曾兑现过。生命无多的日子里，他被人搀扶着在医院的小院子里散步，身子软塌塌的，每走一步，都成艰难。劝他躺下歇歇，他硬要坚持，他说，要锻炼的，不锻炼身体怎么能好呢？等我身体好了，我一定要请你们几个去钓鱼的，我都约你们好几回了。

最后的时光，他就这么向往着：一竿在手，柳树下坐着，日头长长的，俗世的纷繁全抛开去了，他有闲云野鹤般的快乐。这份快乐，在他，终究没能实现。

朋友施，报社记者，喜酒，喜热闹，喜交朋友。成日在外奔波采访，五光十色，觥筹交错。劝他，别喝那么多酒啊。他拍拍胸脯说，没事，我身体棒着呢。是棒，魁梧高大的身材，走路风一样的。可这样的人，也是说倒下就倒下了。胃癌，晚期。临去世前，我去看他，他已不怎么能开口说话了。不过两个月的时间，他一张饱满的脸，已瘦成一张纸。他留恋地看着站在床边的五岁小女儿，轻轻呼着气说，真想和女儿一起去公园荡秋千啊，我答应过她很多回呢，怕是不能了。

清风飞扬，天伦之乐，这样易得的幸福，在他，已成遥不可及。

读过一封来自地震废墟下的信，是一个年轻人写给母亲的。地震来时，年轻人正在他的办公室里办公，一下子被倒塌的房屋压在下面。当他意识到生命的时钟，已进入倒计时时，他想起母亲。平日因工作忙，他总疏于跟母亲沟通，忽略母亲太多太多。他摸索着在纸上写下他的心声：妈妈，此刻，我真想抱抱你啊。如果我能活着出去，妈妈，我要陪你坐在客厅里聊天，不再嫌你烦。我要跟你学做菜，让你也能吃上一口我烧的菜。我还要带你去旅游，我们一年去一个地方，你说好不好？地方由你来挑。

当人生余下的时间不多时，我们才猛然警醒：有些事，还没来得及做。有些人，还没来得及爱。我们总以为可以等等，再等等，一转眼，却物非人也非。

活着的最好态度，原不是马不停蹄一路飞奔，而是不辜负。不辜负身边每一场花开，不辜负身边一点一滴的拥有，用心地去欣赏，去热爱，去感恩。每时，每刻。

让梦想拐个弯

J是我的高中同学。和我们一起念书那会儿,他因偶然撞见海子的那首《面朝大海,春暖花开》的诗,而迷上诗歌,立志要成为一个诗人。他满脑子做着有关诗的梦,为此荒废了学业。

J后来没考上大学。有关他的消息,断断续续地在同学间流传,他外出打工了。他失业了。他结婚了。他离婚了。如此折腾,都是因为诗。他的眼里,除了诗,再也容不下别的。他待在十平方米的小房间里,靠他在纱厂做工的母亲养,几乎足不出户地写着诗。他写的诗稿,足足能装一麻袋,发表的却寥寥无几。有个老编辑,在毙掉他无数的诗稿后,终不忍,遂委婉地对他说,写诗这条路,对你而言,未必适合,你还年轻,可以去尝试走别的路。

他没有顿悟。他相信精诚所至,金石为开,仍笔耕不辍,一路向前。多年后,同学聚会见到他,他身影孑然,潦倒不堪。彼时,他的母亲已过世。据说,他母亲过世时,眼睛是睁着的,对他,是一千个一万个放心不下。一口酒入口,呛出他满腔的泪,他终于不得不面对一个事实:这一辈子,他成不了诗人。他哽咽道,我的好年华,就那样白白溜走了,我还能做什么呢?

大家面面相觑,没有人能回答他。记忆里,他是聪明的,理科成绩曾一度辉煌过。他会吹笛子，会拉二胡，绘画也很有天赋。如果他在碰壁之后，选择另一条路走，或许他早就成就一番事业了。

J的故事，让我想起一则寓言来：一只青蛙，很羡慕天空中飞翔的小鸟，它梦想有一天，能变成小鸟。于是，它开始苦练飞翔。它爬到高处，腾跳，起飞。结果可想而知，每次，它都重重摔下来，摔得鼻青脸肿。别的青蛙看不下去了，劝它，青蛙就是青蛙，小鸟就是小鸟，青蛙成不了小鸟，就像小鸟成不了青蛙一样，捕捉虫子才是我们青蛙必须掌握的本领啊。它不听，执意要学会飞翔。它避开众青蛙，独自爬到一座高高的山峰上练习去了。数天后，众青蛙在山脚下，发现了它的尸体，——它摔死在岩石上。

执着是一种可贵的品质，然盲目的执着，却是对生命的浪费和伤害。梦想很可爱，但也很现实。当梦想缥缈如天上的云彩，任我们再踮起脚尖，也无法与它相握，这时，我们要学会认知自我，懂得放手，让梦想拐个弯。

认识一个服装设计师，他设计的服装，因其款式别具一格，在圈内很有名。谁也想不到，他曾经的梦想，却是成为一名钢琴家。从小，他的父母不惜倾家荡产栽培他，给他买最昂贵的钢琴，给他请最好的音乐老师。他的童年，是交给钢琴的。他的少年，是交给钢琴的。他的青年，差点也全部交给钢琴。幡然醒悟是在一次音乐会后，台上钢琴家行云流水般的演奏风格，是他永远也无法企及的。他不顾父母的反对，毅然放弃了音乐，改行学习他颇感兴趣的服装设计，很快脱颖而出。

在他的工作室里，悬挂着一幅照片，那是他去云南旅游时拍的：悬崖上，一丛野杜鹃，满满地开着，落霞般的。高远的天空，裸露的岩石，艳红的花朵，生命如此安静，又如此强烈。

他的目光，落在那丛野杜鹃上，他说，野杜鹃一定也做过成为大树的梦的，当那个梦想遥不可及时，它让自己落入尘土，努力地在悬崖上，盛开出属于它自己的绚烂。

第四辑

草世界，花菩提

生命的高贵与卑微，
本是相对的。
纵使不幸卑微成一株杂草，
通过自己的努力，也可以让命运改道，
活出另一番景象。

草世界，花菩提

初识它，是在一册诗书里。原是坊间小曲，被人吟唱。后被文人推崇，成词牌名，按韵填词，名扬天下。从远唐，一路逶迤而来，一唱三叹，缠绵旖旎。我仿佛瞥见，大幅的屏风，上面栖息着大朵的花，牡丹，或是芍药。屏风后，美人如水，怀抱琵琶，浅吟低唱着——虞美人。她葱白的手指，轻拢慢捻，一曲更一曲。月升了，夕阳斜了，美人的发，渐渐白了。

女人的年华，原是经不起寂寞弹唱的，弹着弹着，也便老了。后来，我识得一种花，叶普通，茎普通，花却浓烈得让人惊异。血红，红得似天边燃烧的霞。单瓣，薄薄的，如绫如绸。它们在一条公路边盛开，万众一心。公路边还长了低矮的冬青树，里面夹杂着几株狗尾巴草。让人一喜，分明就是曾经的老相识啊！我停在那儿，等车。车迟迟不来。

那是异乡。我因了几株狗尾巴草，不觉异乡的陌生与疏离。又因了一朵一朵殷红的花，不觉等待的焦急与漫长。我的眼光，久久停在那些殷红上，它们腰身纤细，脸庞秀丽，薄薄的花瓣，仿佛无法承载内心的情感，无风亦战栗。很像古时女子，羞涩见人，莲步轻移。

询问一当地路人："请问，这是什么花？"路人瞥一眼，说："虞美人啊。"许是见多了这样的花，他不觉惊异，回答完我的话，继续走他的路。

他完全不知，他的一句"虞美人啊"，在我心中，激起怎样的狂澜。看着眼前的花，想着它的名，远古的曲子，不由分说地，在我耳畔轻轻弹响：是李后主的"春花秋月何时了，往事知多少"；是周邦彦的"柳花吹雪燕飞忙。生怕扁舟归去、断人肠"；是纳兰性德的"残灯风灭炉烟冷，相伴唯孤影"；是苏东坡的"夜阑风静欲归时，惟有一江明月碧琉璃"。

人生最难消受的，是别离。是虞姬且歌且舞，泣别项羽。这个楚霸王最爱的女人，当年风光时，她与他，应是人成对，影成双。垓下一战，楚霸王大势尽去，弱女子失去保护她的翼。男人的成败，在很多时候，左右着女人的命运。她拔剑一刎，都说为痴情。其实，有什么退路呢？她只能，也只能，以命相送。传说，她身下的血，开成花，花艳如血。人们唤它，虞美人。

真实的情形却是另一番的，此花原不过田间杂草，野蒿子一样的，贱生贱长，不为人注目。然它，不甘沉沦，明明是草的命，却做着花的梦。不舍不弃，默默积蓄，终于于某天，疼痛绽放。红的，白的，粉的，铺成一片。瓣瓣艳丽，如云锦落凡尘。人们的惊异可想而知，它不再被当作杂草，而是被当作花，请进了花圃里。有人叫它丽春花。有人叫它锦被花。还有人亲切地称它，蝴蝶满园春。——春天，竟离不开它了。

生命的高贵与卑微，本是相对的。纵使不幸卑微成一株杂草，通过自己的努力，也可以让命运改道，活出另一番景象。

蔷薇几度花

喜欢那丛蔷薇。

与我的住处隔了三四十米远,在人家的院墙上,趴着。我把它当作大自然赠予我们的花,每每在阳台上站定,目光稍一落下,便可以饱览到它:细长的枝,缠缠绕绕,分不清你我地亲密着。

这个时节,花开了。起先只是不起眼的一两朵,躲在绿叶间,素素妆,淡淡笑。还是被眼尖的我们发现了,我和他几乎一齐欢喜地叫起来:"瞧,蔷薇开花了。"

之前,我们也天天看它,话题里,免不了总要说到它。

——你看,蔷薇冒芽了。

——你看,蔷薇的叶,铺了一墙了。

我们欣赏着它的点点滴滴,日子便成了蔷薇的日子,很有希望很有盼头地朝前过着。

也顺带着打量从蔷薇花旁走过的人。有些人走得匆忙,有些人走得从容。有些人只是路过,有些人却是天天来去。想起那首经典的诗:"你站在桥上看风景/看风景的人在楼上看你。"这世上,到底谁是谁的风景呢?你是我的,我也是你的,只不自知。

看久了,有一些人,便成了老相识。譬如那个挑糖担的。

是个老人。老人着靛蓝的衣，瘦小，皮肤黑，像从旧画里走出来的人。他的糖担子，也绝对像幅旧画：担子两头各置一匾子；担头上挂副旧铜锣；老人手持一棒槌，边走边敲，当当，当当当。惹得不少路人循了声音去寻，寻见了，脸上立即浮上笑容来，"呀"一声惊呼："原来是卖灶糖的啊。"

可不是么！匾子里躺着的，正是灶糖。奶黄的，像一个大大的月亮。久远了啊，它是贫穷年代的甜。那时候，挑糖担的货郎，走村串户，诱惑着孩子们的幸福和快乐。只要一听到铜锣响，孩子们立即飞奔进家门，拿了早早备下的破烂儿出来，是些破铜烂铁、废纸旧鞋等的，换得掌心一小块的灶糖。伸出舌头，小心舔，那掌上的甜，是一丝一缕把心填满的。

现在，每日午后，老人的糖担儿，都会准时从那丛蔷薇花旁经过。不少人围过去买，男的女的，老的少的，有人买的是记忆，有人买的是稀奇，——这正宗的手工灶糖，少见了。

便养成了习惯，午饭后，我必跑到阳台上去站着，一半为的是看蔷薇，一半为的是等老人的铜锣敲响。当当，当当当——好，来了！等待终于落了地。有时，我也会飞奔下楼，循着他的铜锣声追去，买上五块钱的灶糖，回来慢慢吃。

跟他聊天。"老头。"——我这样叫他，他不生气，呵呵笑。"你不要跑那么快，我们追都追不上了。"我跑过那丛蔷薇花，立定在他的糖担前，有些气喘吁吁地说。老人不紧不慢地回我："别处，也有人在等着买呢。"

祖上就是做灶糖的。这样的营生，他从十四岁做起，一做就做了五十多年。天生的残疾，断指，两只手加起来，只有四根半指头。却因灶糖成了亲，他的女人，就是因喜吃他做的灶糖，而嫁给他的。他们有个女儿，女儿不做灶糖，女儿做裁缝，女儿出嫁了。

"这灶糖啊，就快没了。"老人说，语气里倒不见得有多愁苦。

"以前怎么没见过你呢？"

"以前我在别处卖的。"

"哦,那是甜了别处的人了。"我这样一说,老人呵呵笑起来,他敲下两块灶糖给我。奶黄的月亮,缺了口。他又敲着铜锣往前去,当当,当当当。敲得人的心,蔷薇花朵般的,开了。

一日,我带了相机去拍蔷薇花。老人的糖担儿,刚好晃晃悠悠地过来了,我要求道:"和这些花儿合个影吧。"老人一愣,笑看我,说:"长这么大,除了拍身份照,还真没拍过照片呢。"他就那么挑着糖担子,站着,他的身后,满墙的花骨朵儿在欢笑。我拍好照,给他看相机屏幕上的他和蔷薇花。他看一眼,笑。复举起手上的棒槌,当当,当当当,这样敲着,慢慢走远了。我和一墙头的蔷薇花,目送着他。我想起南朝柳恽的《咏蔷薇》来:"不摇香已乱,无风花自飞。"诗里的蔷薇花,我自轻盈我自香,随性自然,不奢望,不强求。人生最好的状态,也当如此罢。

槐花深一寸

槐花开的时候，我抽了空去看。人生的旅途说长也长，说短也短，我们能相遇到的花期也有限，我不想错过每一场花开。

槐花也属乡野之花。它比桃花、梨花更与人亲，那是因为它心怀甜蜜。花开时节，空气中密布它的香甜，让你不容忽视。于是乡下孩子的乐事里，就有这么一件，爬上树去摘槐花。那也是极盛大的场景，树上开着槐花，地上掉着槐花，小孩的脖子上、肩上落着槐花，口袋里，还塞着一串串白。随便摘取一朵，放嘴里品咂，甜啊，糖一样的甜。巧妇会做槐花饼、槐花糖。吃得人打嘴不丢。家里养的羊，那些日子也有了嘴福，把槐花当正餐吃的。

我来赏的这树槐花，在小城的河边。小城新辟了沿河观光带，这棵槐，被当作一景从他处移植过来。其他树种众多，独独它，只一棵。《周礼·秋官》中记载：周代宫廷外种有三棵槐树，三公朝见天子时，分别站在那三棵槐树下。周代的槐，有崇敬的意思在里面。槐又通"怀"，是怀想与守望。我瞎想，我们小城移来这棵槐，是把它当作镇城之树的吧。

傍晚时分，光的影，渐渐散去。黑暗是渐渐加深的，及至一树的白，也没在黑里头。天便完全黑下来了。这时候，赏花变得纯粹，周遭的黑暗做了底子，槐花的白，跳跃出来，是黑布上绣白花。

仰头望向那树白，心莫名被一种情绪填得满满的。说不清那情绪到底是什么。那一刻，时间停顿，风不吹，云不走，仿佛什么都想了，什么都没有想。这是人生的态度，我更愿意把它理解为本能，是由不得你的。

微笑。想起那首出名的四川民歌《槐花几时开》。歌里唱："高高山上一树槐／手把栏杆望郎来／娘问女儿你望啥子／我望槐花几时开……"盼郎来的女儿家，心焦焦却偏不承认，偏把相思推给无辜的槐花："哎呀呀，槐花槐花，你咋还没有开？"这里的槐花，浸染上人间情思，惹人爱怜。

风吹，有花落下来。我捡一串攥手心里，清凉的感觉，在掌中弥漫。白居易写槐花："薄暮宅门前，槐花深一寸。"我以为这是花落景象。古人尚不知花可吃，或者，知可吃而不吃，是为惜花。他们任由槐花自开自落，一径落下去，在地上铺了足有一寸深的白。真是奢侈了那一方土地，埋了那么多香甜的魂。

簪菜花

清明是春天的一道分水岭，春行到此处，该绿的叶都绿了，该开的花都开了。随便一搭眼望过去，褐色的大地上，到处簪满黄花绿草。难怪古人把清明节又叫作踏青节。春光撩人哪，此时不踏青，更待何时？

宋吴惟信在《苏堤清明即事》中写道："梨花风起正清明，游子寻春半出城。日暮笙歌收拾去，万株杨柳属流莺。"瞧瞧，这等踏青，何等浪漫！将近半城的人，于清明这天倾巢而出。放眼处，梨花飘白，杨柳依依。人们三五成群，笙歌飞扬，一直玩到日落西山才尽兴而归。而在张择端的风俗画《清明上河图》里，清明又是另一番喧闹景象：汴河沿岸，房屋齐整，树木参天，男男女女云集，有坐了船来的，有乘了马车来的，摩肩接踵，挤挤挨挨。踏青的盛况，可见一斑。

我的乡下，不踏青。乡人们日日与大地相伴，早已融入彼此的生命中，无须多出这一章节。但在清明这天祭祀的风俗，却被沿袭下来，一代一代。他们称清明节为鬼节，说这一天，被阎王爷拘禁着的大鬼小鬼都出来放风了。于是家家烧纸钱，户户祭祖先。菜花地里的土坟，早几天前就被装扮一新，新培了土，坟上插满大大小小的红纸幡白纸幡。在成波成浪的菜花映衬下，那些红纸幡白纸幡，很像纷飞的红蝴蝶白蝴蝶。我们小孩子，平日里闻鬼即怕，这时却都忘了怕了，远远望着那些坟，觉得无限神秘。

清明这天，祖母捉住到处乱跑的我们，把我们一个一个揿到堂屋中央，让我们对着家神柜磕头。家神柜上，摆有祖宗的牌位，上面立着我们未曾谋面过的老爹老太。供品都是家常小菜，碗里的饭，堆得尖尖的，上面插着筷子。一旁燃着香与烛火，气氛庄严。祖母说："好好给祖宗亡人磕头，祖宗亡人会保佑你们平安的。"

头磕完，没我们的事了，我们撒腿跑出去，折杨柳，掐菜花。底下有一个重大活动，那就是簪菜花。女孩子头发长，花好簪，随便掐两朵，簪在辫梢上，或是发里面。男孩子多是短发，花簪不住。他们想了主意，先用杨柳编成花环，把菜花一朵一朵簪在上面，然后戴在头上，就是灿烂的花冠了。

大人们此时都是宽容的，由了我们一朵菜花一朵菜花地糟蹋去，因为清明这天就该簪菜花。有歌谣是这样唱的："清明不戴菜花，死了变黄瓜。"至于菜花与黄瓜，到底有没有关连，不管的。我们头上簪满菜花，在乡间土路上又蹦又跳地唱。一场沉重的纪念，愣是被我们演绎成无尽的快乐。

成年后，我曾翻阅大量资料，想找出清明节簪菜花的由来，无果。我也曾就此问过老一辈的人。老一辈的人呵呵乐了，说："祖上就是这样流传下来的啊。"

多好的流传！我想，怀念本是一种温暖行为，而非冰凉与凄清。当菜花簪满头，它昭示的是：我会记住那些逝去的爱，我将心怀美好地活着。

一团粉红，一团鹅黄

花里面，月季的名字，是比较土的一个。它的花期极长，除了隆冬，几乎月月开花，季季芳香，干脆就叫了月季。这好比乡下人家，生的孩子多，丝瓜藤上结着的丝瓜般的，一个挨一个，也就不那么"重视"了。孩子哇哇啼哭着出来，又是一丫头片子。做娘的虚弱地说："给娃儿取个名吧。"做爹的瞟一眼，顺嘴丢出个名儿来，就叫小草吧。叫菊花吧。叫叶子吧。

命贱吧？是的，有点。家徒四壁，从小缺衣少食，泥地里滚着爬着，被风吹着揉着，被太阳烤着晒着，皮肤粗糙黝黑。可是，却特别皮实，连小感冒小头疼的也极少。这样的孩子，容易成长，且长大后，经得起岁月磨难，纵使遇到再大的坎，她也能咬咬牙跨过去，心怀感恩，尽力吐露出生命的芬芳。

月季如人，也是这般的命贱，却顽强。那时，放学的路上，要经过一苗圃，里面长满花草。常有花探出墙头，逗引着我，冲我妖娆地笑。于是有那么一天，我趁人不备，很不女生地翻越墙头，爬过围墙去。好大的地方啊，足足有好几亩地。叫不出名字的花真多，但一眼认得月季的，颜色极是出色，单单红色，就有若干种：大红，粉红，橘红，绛红，玫瑰红……我很奢侈地左挑右选，俨然花的主人。我最后挑了一棵粉红的，挑了一棵鹅黄的,连根拔起,塞书包里带回家去。花枝上多刺,刺大且硬,我的手,被刺破好几处,当时是顾不得的。

到家的第一件事就是,栽花。地是不紧张的,屋门口随便挑块空地儿就成。我挑了正对着大门的那块,拔掉里面长得好好的两棵茄子。祖父在一边看见了,说:"春天栽花才能活的。"我不信,我说秋天也能活的。

月季栽好,才觉出手疼,疼得钻心。晚上母亲回家,拿缝衣针就着煤油灯,从我手指上挑去三四根刺。母亲边挑边责骂:"怎么这么野,丫头没个丫头样子。"母亲也心疼被我拔掉的茄子。我抿着嘴笑,不回嘴。我想着门前的灿烂,偷乐,啊,一棵粉红,一棵鹅黄,真开心哪。

月季却萎了,好像很不满意我替它挪了地方。有大人给我出主意,说用河里的淤泥护着它,它就能成活。我赶紧跑去河里,挖了满满一脸盆河泥。隔天看它,它果真活过来了,花朵儿开得喜盈盈的。就这样,它在我家屋前定居下来,边开边谢,边谢边开。一年又一年。

后来,我离开故土,在异地他乡安营扎寨。从此,故乡隔得远远的,月季还待在老地方,抽长着它的枝,开着它的花。当年的两小棵,已长成两大蓬。

回老家,父亲母亲总要指着门前的月季对我说:"看,你小时栽的月季。"这是我和父母间保留的对话。我看看月季,鼻子就有些酸酸的了,我说:"它咋还开这么多花呢?"

它的花,一点不见老,还是一团粉红,一团鹅黄。豆蔻年华。

栀子同心好赠人

在同事的办公桌上，发现花一朵，确切地说，是花骨朵一枚。惊喜地问："这不是栀子花么！？"

——当然是栀子花。虽还是花骨朵儿，那香气，已染得满指皆是。同事慷慨地说："送你吧，回去养水里，慢慢开，连水都是香的。"

还有叶也是香的，茎也是香的，骨头也是香的，——整个的魂，都是香的。

这就是栀子花，香不惊人死不休的。整个一浓妆艳抹的女子，风情都浸到骨子里了。却不惹人轻视，大俗即大雅。只是能把大俗变成大雅的，不是人人都能做到。对花来说，亦如是。

这是栀子花的本事。乡下老太太，对别的花花草草们都熟视无睹着，唯独对栀子花，却表现出小女孩的惊诧来，哎哟，是栀子花呀。她们把它别衣襟上，欢喜着，珍爱着。惹得看到的人莞尔。一颗不肯老去的爱美的心，到这时，终于有了靠依，且是不动声色的。倘若换了别的什么花，哪怕就是路边的小野花，浓淡适宜，别她们衣襟上，不被人骂成老妖精才怪呢。

亲眼见过一老太太交代后事。其时她已病入膏肓，气息奄奄。她家院子内的栀子花，却开得浓郁。她再三对守在身边的女儿说，她走的时候,一定要帮她把头发梳直了,要戴那顶红帽子,要记得摘几朵栀子花放她身边。人生走到尽头,不肯丢下的,还是体面和尊严。这体面和尊严,是世间最生动的美。

而栀子花无疑是美的。

一首歌里唱,栀子花,白花瓣。只这一句,它的清丽,已呼之欲出。唐人王建诗中的栀子花,则更生动,"妇姑相唤浴蚕去,闲看中庭栀子花"。这里的栀子花,有种静谧的美。乡村女子养蚕忙,你呼我唤,一个天地,都是喧闹的。彼时,庭院中央,一棵栀子树,却在不知不觉中开了花。花似掉落的白云朵,藏在绿的枝叶间。是谁眼尖,先看到那朵"白云朵"的?她肯定惊叫了,呀,栀子花开了呀。立即引来众女子的呼应,微笑欢快地爬上她们的脸。她们伫立在花跟前,痴痴看。白日头长长的,风吹得人发软。花与人,就那么对视着,温情脉脉。

这是尘俗里的小温情。它给平淡无奇的日子和人生,涂上浓香一抹,让人咂摸不尽。

还读过一首写栀子花的诗,是韩翃的,"葛花满把能消酒,栀子同心好赠人"。初读时好生奇怪,栀子怎么是同心的?当我的同事慷慨地把一朵栀子花送我时,我突然想起这句诗,明白了,它让送的人欢喜,收下的人也欢喜,这叫同心了。

宋词里有"与我同心栀子,报君百结丁香"之句,这里的栀子,与爱情挂上了钩。爱情浓艳若此,怎不叫人迷醉?

花向美人头上开

炎夏里，买一盆茉莉花放家里，最是合宜。

装它的盆子不必讲究，瓦盆子可以，泥盆子亦可以。碧绿的枝叶，簇拥着莹白莹白的几粒花骨朵，小，小得如同米粒一般。却不容你忽略，它总是这朵开了，那朵又冒出来，源源不断，香气四溢。仿佛那颗小小的心，是在香粉里打过滚的。当你从暑热里归家，打开家门，一股的香，带着清凉甜蜜的气息，不由分说游向你，攀爬上你的唇、鼻子、眉头，直到，心。

满身的燥热，就那样渐渐退去。你安静下来，与一盆茉莉花相望，日子就有了绵绵不绝的意思。年迈的婆婆给茉莉花浇水，欢喜地问："这什么花呀，这么小，却这么香？"你告诉她："这是茉莉花啊。"她跟着重复："哦，是茉莉花呀。"眼光疼爱地落在花上面。第二天，她必又要问："这什么花呀，这么小，却这么香？"年老的人，记性不好了，在一盆花上纠缠。你愿意她如此纠缠着，愿意十次百次地回答她："这是茉莉花啊。"缘分，把两个原本不相干的人，聚拢到一个屋檐下，一日一日地，成了不舍。这是亲情，是茉莉花一样芬芳的情分。

国人喜茉莉花，源远流长。早在晋代，就有"倚枕斜簪茉莉花"的风尚。到了唐宋时期，更是有过之而无不及，长安大街上，冷不丁的，就能撞到一个头上簪满茉莉花的女子，满身香气盈盈，漫天的暑热隐退到一旁。"荔枝乡里玲珑雪，来助长安一夏凉"，说的就是这样的事。宋代诗人江奎对茉莉花也是青睐有加，他在《茉莉花》一诗中夸赞道："虽无艳态惊群目，幸有清香压九秋。应是仙娥宴归去，醉来掉下玉搔头。"瞧瞧，小小的茉莉花，原是仙姑掉下的玉簪子啊，仙气浸染，岂是等闲？

到了明代，人们不单单争相种植茉莉花，还把它编了小调唱："好一朵茉莉花，好一朵茉莉花，满园花开香也香不过它。"从南京唱响的这曲《鲜花调》，六百多年后，成了闻名遐迩的江南民歌《茉莉花》。

清人王士禄也写过《末丽词》："冰雪为容玉作胎，柔情合傍琐窗隈。香从清梦回时觉，花向美人头上开。"一觉梦回，花香环绕，恍惚中不知梦里梦外。四处找寻，最终在自个儿头上寻得，发间原是簪了几朵茉莉花的。花衬美人，美人衬花，还有比这更相宜的么！

梅雨过后，小城的路边，卖茉莉花的渐渐多起来，夹杂在一些蓊郁的植物里，一点一点的白，像飘落的雪花。有小女孩牵了妈妈的手，蹲过去细看，问："妈妈，这什么花呀？"妈妈答："这是茉莉花呀。"小女孩伸了鼻子去闻，忽然惊喜地叫起来："妈妈，好香啊，它的味道，像茉莉花茶。"

哑然失笑，心里荡过花香般的感动。这应是最最恰当的比喻了，它香得很像它自己。唯其如此，才让世世代代的人，矢志不渝地喜欢着。

薄荷，薄荷

不知它打哪儿来，最初的记忆里，就有它。屋后吧，凤仙花开得呼啦啦、呼啦啦，而它，姿态优雅地站立其中，恬淡地注视着，仿佛在看一群活泼的孩子，以一颗包容欣赏的心，由着它们热闹去。

最是奇怪大人们，咋就知道屋后有薄荷呢？他们是从来不看那些凤仙花的，但他们就是知道，哪里有凤仙花，哪里有薄荷。在他们眼里心里，每种植物的生长，都是天经地义的事，不值得大惊小怪，如同日升月落。他们吩咐一声："去，到屋后掐几片薄荷叶子来。"那是因为孩子们身上生痱子了，奇痒无比。孩子们得令，"嗖"一声飞奔过去，胡乱掐上一把来，满指满掌，皆是薄荷香啊。他们拿它冲了热水，给孩子们泡澡，孩子们的身上，散发出薄荷经久的清凉。还真是神奇的，只要洗上两次薄荷浴，孩子们身上的痱子就不痒了，不知不觉，消失了。

也有用薄荷泡茶喝的。不用多，沸水里丢下两片叶子足矣。我的父亲有个白瓷大茶缸，他每天早上外出干活，都泡上一大茶缸薄荷茶——凉着。暑热里归家，来不及脱了草帽，就奔向它，抱着它咕咚咕咚大灌一气，满足地长叹一声："真过瘾啊。"秋深时节，薄荷也凋零，那个茶缸没有薄荷可泡了，我们拿了它去清洗，手指上缠绕的，竟都是薄荷的味道。长长久久。

看过一个有关薄荷的神话：希腊冥王哈得斯爱上了善良的精灵曼茜，冥王的妻子佩瑟芬妮知道后，妒火中烧。她念魔咒把曼茜变成了一株小草，长在路边任人践踏，以为从此拔去眼中钉。让佩瑟芬妮怎么也没想到的是，曼茜变成的小草，身上竟散发出一股奇异的清香，赢得越来越多的人的喜爱，人们亲切地唤她，薄荷，薄荷。

喜欢这个故事，有德之人，必有神灵护佑，纵使她变成一株不起眼的小草。而薄荷的花语，恰恰是"有德之人"。从它的茎，到叶，到花，无一处不是清香与清凉的，可食，可入药。用薄荷做成的糖果与食品，多不胜数。最地道的，要数薄荷糖，过去贫穷年代，唯有它，可以与穷人相依为命。薄纸袋里，一装十粒，一毛钱就能买一袋。劳作疲惫的时候，拣一粒放嘴里，从嘴到心，立即被清凉填满。我的祖父祖母喜欢吃，我的父亲母亲喜欢吃，我们，也喜欢。

离故乡远了，以为离薄荷也远了。却于某一日，在我家花坛里，那开得满满的红的黄的美人蕉中，发现了一抹不一样的绿，凑近了看，竟是一株薄荷。或许是风吹过来的，或许是鸟衔过来的，或许是泥土本身带来的……它来了。我很吝啬地掐一片叶，置在枕边，于是清凉满枕。我多日的失眠，竟不治而愈。

从未谋面的文友，说要到我的小城来看我。我说："好，你来吧，我家里还长了薄荷。"她"扑哧"一声，在电话那头笑了，说："这个理由好，我不是去看你，我是去看薄荷的。"

有木名凌霄

我对凌霄花最初的印象并不好，是因为女诗人舒婷的诗句："我如果爱你，绝不像攀援的凌霄花，借你的高枝炫耀自己。"诗里的凌霄花，既虚荣又自私，不讨人喜。虽然彼时，我连凌霄花的面都没见过，完全的道听途说。

这让我想起一段往事来。那时，我新婚不久，搬到那人单位的宿舍住。单位小，不过七八个人，关起大院，就是一家子。那人的领导，其时已年近五十，爱人在另一个镇，一直分居两地。一天，领导突然宣布，他爱人要调过来了。这在单位里引起"恐慌"，大家纷纷传言，说那女人的厉害——管男人厉害，与人相处厉害，总之是很厉害很厉害的。搞得我的心七上八下，如此一个"母老虎"做邻居，哪有安宁的日子好过？

她到底来了，高高胖胖的。因我们先入为主了，她虽长得平和，在我们的眼里，也是一副凶相。听她说话和做事，也都好像透着盛气凌人的架势。故我们远远避着她，她来了半个多月，我跟她的对话，绝对不会超过十句。某天，下雨，我晚归，记起晒在院门前的被子，心里懊恼着，一定被雨淋透了。我跑到院门口，碰到她，她轻描淡写对我说："别跑，我帮你把被子收回家了。"

后来，我有了小孩，小孩常蹒跚着去敲她家的门。她总是翻找出好吃的好玩的给小孩,逗引得孩子一看见她就欢叫奶奶。她原来,是个极和气的人。可见得,道听途说常是不可信的。

还是回到凌霄花上来吧。第一次真正遇见它,是在我所在的中学校园里。那天天暗得很,一场大雨欲来的样子,我在不常去的一间教室里监考。偶尔往窗外一探头,看到教室后有一树的橙红,花惊天动地开着,像燃烧着的灯笼似的,把我的眼睛,连同灰暗的天,照得明艳无比。心里疑惑着:"这什么花呢?"监考完了,我立马跑过去,同事告诉我:"凌霄花啊。"

当下愣在那树花下,原来,凌霄花是这么的卓尔不群!它们一朵一朵,亲密无间地搂抱在一起,无芥无蒂,光华灿烂,把一棵普通的榆树,打扮得如同出嫁的新娘。它哪里是借高枝炫耀自己?它分明是毫无保留地,捧出一颗热诚的心,给天,给地,给路过的那些眼睛。——诗人的话,原也是不可信的。

渐渐地,见多了这样的花。我上班的路上,就有那么一大蓬,占据着人家院墙的大半壁江山。一到夏末,那橙红的花朵,就争先恐后地插满墙头,朵朵都跟火焰似的,燃啊燃啊,可以一直燃到深秋。秋风吹过了一场又一场,几乎扫遍了所有落叶,它的枝上,竟还有一朵两朵小花,在顽强地开着,橙红橙红的,火焰似的。

春天,别的植物都复苏了,欣欣向荣起来,它还在沉睡。白褐色的枝条裸露在春光里,让人疑心着它是不是死了。却于某天,惊异地发现,它裸露的枝条上,竟抽出若干细小的嫩叶子。心中的欢喜就那样荡开来,呆呆站着看许久,这才满意地走开。我知道,用不了多久,它就会绿叶满枝头。再不多久,它会打苞开花,又将是一墙头的笑盈盈。

天香云外飘

校园里植了几棵桂花树,不蓊郁,亦不高大,姿色平平得很,平常日子里,人都不以为意。然一俟进入秋天,树下便常有女孩子围着打转——她们在寻花呢。

我远远看着笑,心里说:"傻孩子,桂花哪里要寻,它若盛开,定会追了你纠缠不休。"

真真是纠缠不休啊。某天,鼻子里先是钻进一丝香,一丝甜,香得很桂花,甜得很桂花。正惊疑不定呢,那香,那甜,突然汹涌起来,奔腾起来,一浪一浪扑过来,把鼻子填满。又从鼻孔里钻进嘴里,钻进心里,霸道地攻城略地,所向披靡。

明知是它,还是要向人求证:"是桂花开了么?"

"可不是,桂花开了。"答的人,也是满心欢喜的,——又是一年喜相逢。

眼睛四下寻望,脚步却立定未动。对它,根本无须探寻来处,总是一家开花百家香的。你只管张开鼻翼,饱吸。

吸是吸不尽的。哪里能吸得尽呢?清晨,露重,露是它的味道。傍晚,风起,风是它的味道。阳光遍洒,阳光也是它的味道。若是逢上下雨,更是不得了了,每一滴雨里,都浸着它的香它的甜。

这个时候，你的手，最好不要随便乱碰触。它的香，是歇在一片草叶上的；它的甜，是伏在一扇门扉上的。碰一碰，那香会掉下来，那甜会掉下来。

我居住的楼后，不知哪户人家，也植了桂。秋深时节，浓郁的花香追了人跑，让你情不自禁被它俘获。你坐下时，花香趴在你的膝上；你站起时，花香停在你的肩上；你吃饭时，花香落在你的碗里；你睡觉时，花香伏在你的枕上。哪里舍得关窗子？由着它们进来，满屋子逡巡。

翻遍书橱，遍寻写它的诗词，唯有宋之问的最得我心："桂子月中落，天香云外飘。"好一个"天香云外飘"！月庭也小，哪里容得下它那颗香透了的心？且许它四处逍遥去吧，独乐乐不如众乐乐。反倒使大众受了惠，每个生命都能分得一勺它的香。众生平等，岁月静好。

想起早些年读《红楼梦》，对里面的人物夏金桂，大不喜。女人恶到那份上，算得歹毒了。偏偏的，她却叫金桂。如今想来，她也只能叫金桂的。可恶之人必有可怜之处，她少时丧父，跟着寡母。后长大嫁人，又诸多不如意，薛蟠那种花心男人，哪有真情可待？曹雪芹给她安上金桂的名，是为怜惜。那大捧的香甜，可以拯救一个人吧？到底，曹雪芹是心怀慈悲的，在他心里，每一个女儿家，都应该如桂花一般美好。

秋风吹了几吹，校园里的桂花开得茂盛起来。爱它的女孩子，在树下四下张望，趁人不备，赶紧攀得一枝，塞衣袖里。突然瞥见在一边看着她的我，她脸一红，微低了头，唤声："老师好。"我不忍责备，笑说："回吧，把它夹书本里，能香一个秋天的。"

何止是一个秋天？它会染香一颗青春的心，连同，一段青春着的记忆。

满架秋风扁豆花

说不清是从哪天起,我回家,都要从一架扁豆花下过。

扁豆栽在一户人家的院墙边。它们缠缠绕绕地长,你中有我,我中有你。顺了院墙,爬。顺了院墙边的树,爬。顺了树枝,爬。又爬上半空中的电线上去了。电线连着路南和路北的人家,一条人行甬道的上空,就这样被扁豆们,很是诗意地搭了一个绿篷子,上有花朵,一小撮一小撮地开着。

秋渐深,别的花且开且落,扁豆花却且落且开。紫色的小花瓣,像蝶翅。无数的蝶翅,在秋风里舞蹁跹。欢天喜地。

花落,结荚,扁豆成形。五岁的侄儿,说出的话最是生动,他说那是绿月亮。看着,还真像,是一弯一弯镶了紫色边的绿月亮。我走过时,稍稍抬一抬手,就会够着路旁的那些绿月亮。想着若把它切碎了,清炒一下,和着大米饭蒸,清香会浸到每粒大米的骨头里——这是我小时的记忆。乡村人家不把它当稀奇,煮饭时,想起扁豆来,跑出屋子,在屋前的草垛旁,或是院墙边,随便捋上一把,洗净,搁饭锅里蒸着。饭熟,扁豆也熟了。用大碗装了,放点盐,放点味精,再拌点蒜泥,滴两滴香油,那味道,只一个字,香。打嘴也不丢。

这里的扁豆,却无人采摘,一任它挂着。扁豆的主人大概是把它当风景看的。于扁豆，是福了，它可以不受打扰地自然生长，花开花落。

也终于见到扁豆的主人，一整洁干练的老妇人。下午四点钟左右的光景，太阳跑到楼那边去了，她家小院前，留一片阴。扁豆花却明媚着，天空也明媚着。她坐在院前的扁豆花旁，膝上摊一本书，她用手指点着书，一行一行读，朗朗有声。我看一眼扁豆花，看一眼她，觉得他们是浑然一体的。

此后常见到老妇人，都是那个姿势，在扁豆花旁，认真地在读一页书。视力不好了，她读得极慢。人生至此，终于可以停泊在一架扁豆花旁，与时光握手言欢，从容地过了。暗暗想，真人总是不露相的，这老妇人，说不定也是一高人呢。像郑板桥，曾流落到苏北小镇安丰，居住在大悲庵里，春吃瓢儿菜，秋吃扁豆。人见着，不过一乡间普通农人，谁知他满腹诗才？秋风渐凉，他在他居住的厢房门板上，手书浅刻了一副对联"一庭春雨瓢儿菜，满架秋风扁豆花"。几百年过去了，当年的大悲庵，早已化作尘土。但他那句"满架秋风扁豆花"，却与扁豆同在，一代又一代，不知被多少人在秋风中念起。

大自然的美，是永恒的。

清学者查学礼也写过扁豆花："碧水迢迢漾浅沙，几丛修竹野人家。最怜秋满疏篱外，带雨斜开扁豆花。"有人读出凄凉，有人读出寥落，我却读出欢喜。人生秋至，不关紧的，疏篱外，还有扁豆花，在斜风细雨中，满满地开着。生命不息。

菊有黄花

一场秋雨，再紧着几场秋风，菊开了。

菊在篱笆外开，这是最大众最经典的一种开法。历来入得诗的菊，都是以这般姿势开着的。一大丛一大丛的，倚着篱笆，是篱笆家养的女儿，娇俏的，又是淡定的。有过日子的逍遥。晋代陶渊明随口吟出那句"采菊东篱下"，几乎成了菊的名片。以至后来的人们，一看到篱笆，就想到菊。唐朝元稹有诗云："秋丛绕舍似陶家，遍绕篱边日渐斜。"秋水黄昏，有菊有篱笆，他触景生情地怀念起陶翁来。陶渊明大概做梦也没想到，他能被人千秋万代地记住，很大程度上，得益于他家篱笆外的那一丛菊。菊不朽，他不朽。

我所熟悉的菊，却不在篱笆外，它在河畔，沟边，田埂旁。它有个算不得名字的名字，野菊花。像过去人家小脚的妻，没名没姓，只跟着丈夫，被人称作吴氏、张氏。天地洞开，广阔无边，野菊花们开得随意又随性。小朵的，清秀，不施粉黛，却色彩缤纷，红的黄的，白的紫的，万众一心齐心合力地盛开着。仿佛一群闹嚷嚷的小丫头，挤着挨着在看稀奇，小脸张开，兴奋着，欣喜着。对世界，是初相见的懵懂和憧憬。

乡人们见多了这样的花，不以为意。他们在秋天的原野上收获，播种，埋下来年的期盼。菊们兀自开放，兀自欢笑，与乡人们各不相扰。蓝天白云，天地绵亘。小孩子们却无法视而不见，他们都有颗菊花般的心，天真烂漫。他们与菊亲近，采了它，到处乱插。

那时，家里土墙上贴一张仕女图，有女子云鬓高耸，上面横七竖八插满菊，衣袂上，亦沾着菊，极美。掐了一捧野菊花回家的姐姐，突发奇想帮我梳头，照着墙上仕女的样子。后来，我顶着满头的菊花跑出去，惹得村人们围观。"看，这丫头，这丫头。"他们手指我的头，笑着啧啧叹。

现在想想，那样放纵地挥霍美，也只在那样的年纪，最有资格。

人家的屋檐下，也长菊。盛开时，一丛鹅黄，另一丛还是鹅黄。老人们心细，摘了它们晒，做菊花枕。我家里曾有过一只这样的枕头，父亲枕着。父亲有偏头痛，枕了它能安睡。我在暗地里羡慕过，曾决心自己给自己做一只那样的枕头。然来年菊花开时，却贪玩，忘掉这事。

年少时，总是少有耐性的，于不知不觉中，遗失掉许多好光阴。

周日逛街，秋风已凉，街道上落满梧桐叶，路边却一片绚烂。是菊花，摆在那里卖。泥盆子装着，一只盆子里只开一两朵花，花开得肥肥的，一副丰衣足食的好模样。颜色也多，姹紫嫣红，千娇百媚。却还是喜黄色。《礼记》中有"季秋之月，鞠（菊）有黄华（花）"的记载，可见得，菊花最地道的颜色，是黄色。我买了一盆，黄的花瓣，黄的蕊，极尽温暖。它会焐暖一个秋天的记忆和寒冷的。

第五辑

一去二三里

那边屋后突然探出一株桃来,
花开得正好,浅浅淡淡的粉红,
一抹一抹的,像轻染上去的云烟。

春风暖

春风是什么时候吹起来的?说不清。某天早晨,出门,迎面风来,少了冰凉,多了暖意。那风,似温柔的手掌,带了体温,抚在脸上,软软的。抚得人的心,很痒,恨不得生出藤蔓来,向着远方,蔓延开去,长叶,开花。

春风来了。

春风暖。一切的生命,都被春风抚得微醺。人家院墙上,安睡了一冬的枝枝条条,开始醒过来,身上爬满米粒般的绿。是蔷薇。那些绿,见风长,春风再一吹,全都饱满起来。用不了多久,就是满墙的绿意婆娑。

路边树上的鸟,多。啁啾出一派的明媚。自从严禁打鸟,城里来了不少鸟,麻雀自不必说,成群结队的。我还看见一只野鹦鹉,站在绿茸茸的枝头,朝着春风,昂着它小小的脑袋,一会儿变换一种腔调,唱歌。自鸣得意得不行。

卖花的出来了,拖着一拖车的"春天"。红的,白的,紫的,晃花人的眼。是瓜叶菊。是杜鹃。是三叶草。路人围过去,挑挑拣拣。很快,一人手里一盆"春天",欢欢喜喜。

也见一个男人,弯了腰,认认真真地在挑花。挑了一盆红的,再挑一盆紫的,放到他的车篓里。刚性里,多了许多温柔,惹人喜欢。想他,该是个重情重义的人罢，对家人好，对朋友好，对这个世界好。

桥头，那些挑夫——我曾在寒风中看到他们，瑟缩着身子，脸上挂着愁苦，等着顾客前来。他们身旁放一副担子，还有铁锹等工具，专门帮人家挑黄沙，挑水泥，或者，清理垃圾。这会儿，他们都敞着怀，歇在桥头，一任春风往怀里钻，脸上笑眯眯的。他们身后，一排柳，翠绿。

看到柳，我想起那句著名的诗句："不知细叶谁裁出，二月春风似剪刀。"把春风比喻成剪刀，极形象。但我却以为，太犀利了，明晃晃的一把剪刀，"咔嚓"一下，什么就断了。与春风的温柔与体贴，离得太远。

还是喜欢那句，"春风又绿江南岸"。这里面，用了一个"绿"字，仿佛带了颜色的手掌，抚到哪里，哪里就绿了。《诗经》中有《采绿》篇章，"终朝采绿，不盈一匊"，说的是盼夫不归的女子，在春风里，心不在焉地采着一种叫绿的植物，采了半天，还握不到一把。我感兴趣的是，那种植物，它居然叫绿。春风一吹，花就开了，花色深绿。这种植物的汁液，可做染料。我想，若是春风也做染料，它的主打色，应该是绿罢。

而在乡下，春风更像一个聪慧的丹青高手，泼墨挥毫，大气磅礴。一笔下去，麦子绿了。再一笔下去，菜花黄了。成波成浪。

我的父亲母亲呢？春风里，他们脱下笨笨的棉袄，换上轻便的衣裳。他们走过一片麦田，走过一片菜花地，衣袖上，沾着麦子的绿，菜花的黄。他们不看菜花，他们不以为菜花有什么看头，因为，他们日日与它相见，早已融入彼此的生命里，浑然大化。他们额上沁出细密的汗珠，他们说，天气暖起来了，该丢棉花种子了。春播秋收，是他们一生中，为之奋斗不懈的事。

一去二三里

　　春天去乡下最适宜。不管哪里的乡下，江南的自然好，江北的也不错。哪里的春天，都是鲜嫩的，簇新的。

　　绿最出众，那是春天的底色，浅绿、翠绿、葱绿、深绿……且待春风再吹一吹，那些草们，就漫天漫地舒展开来，绿手臂摇着，绿身子摆着，摇摆得人心里痒。这边刚提议："踏青去？"那边立即呼应："好啊。"

　　踏青之说，其实由来已久。《论语》中就有记载："暮春者，春服既成，冠者五六人，童子六七人，浴乎沂，风乎舞雩，咏而归。"古人渴望的理想生活，也莫过于回归自然，他们对自然的热爱，要比今人隆重得多。出门去看个春天，定要穿了新衣裳，梳洗打扮一番。浩荡着一支队伍，去河里掬一捧春天的水，净净身子（据说可除病祛邪）。在草绿花开的原野上，迎风而舞，直至夜幕降临，才歌着咏着，尽兴而归。

　　这样的赏春，到底喧哗了些。我以为，有三两知己相伴着，足矣。若是一个人独往，则更好了。可以在春的舞台前，从容地、安静地，做一个纯粹的观众。

　　那么，放下手头的杂务，去吧，随便沿着一个方向，出城去。

　　一去二三里？对。这段距离，多么恰当。不远，亦不近，春色正好。你想起后面的续句来：烟村四五家，亭台六七座，八九十枝花。很写意，素描样的。而事实上，你见到的村庄，远比古人诗里描写的油彩重得多。

现在，你就站在离城二三里的地方。烟村远不止四五家。一排又一排农舍，在各种颜色的簇拥下，高低错落。那是麦子的绿、菜花的黄、桃花的红、梨花的白。你真想走进任何一家去，讨一口水喝，那水里，应该也满是春天的味道吧？

亭台六七座？亭台是没有的，桥倒是不少。有桥必有河，有河必有柳。随便站一座桥上吹吹风，看看杨柳吧。春天的杨柳，是羞答答的新娘，它们轻移莲步，慢扭腰肢。细小的绿苞儿，米粒样地黏在枝条上，蓄了一冬的心思，开始一点一点地往外吐。怎一个风情了得！

八九十枝花？呵呵，哪里数得过来。满田的油菜花，千千万万朵啊，烈火焚烧般地蔓延开去。想这菜花，真像烈性女子，爱恨情仇立场分明。这个春天的天空下，它的回响，不绝于耳。只听得它在说，我胸腔里只有这一腔血，只管拿去洒了吧！你忽然有种冲动，想跳进这菜花地里打个滚。路边提一篮子羊草的妇人，看着你，笑问："看菜花呢？"你抑制住了要在菜花地里打滚的冲动，笑答："嗯，看菜花呢。"

转过一个路口，又见一排青瓦房比肩而立。在黄灿灿的油菜花映衬下，那些略显粗笨的青瓦，居然秀气起来，眉目生动。这边眼睛看了半晌，恋恋不舍地才收住，那边屋后突然探出一株桃来，花开得正好，浅浅淡淡的粉红，一抹一抹的，像轻染上去的云烟。

一位老农从屋内走出。他在油菜花盛开的田埂边停下，蹲下来。你也走过去，蹲下来。老农指间夹一支烟，慢悠悠地吸着，不错眼望着一片麦苗和油菜花。他想的是，不久的将来，那金灿灿的麦粒和黄澄澄的菜籽。你想的是，这翠绿，这鹅黄，这色彩何等的奢侈铺张。

一只狗，不知打哪儿钻出来，绕着老农的腿摇尾巴，欢快得不得了。时光在村庄这边拐了个弯，停下来。你的思绪也跟着停下来，不再想日子里那些愁人的事。名如何？利如何？都是负累。你到底明了，纯粹的追求，不是没有的，关键是，能不能放下。

醉太阳

天阴了好些日子，下了好几场雨，甚至还罕见的，飘了一点雪。春天，姗姗来迟。楼旁的花坛边，几棵野生的婆婆纳，却顺着雨势，率先开了花。粉蓝粉蓝的，泛出隐隐的白，像彩笔轻点的一小朵。谁会留意它呢？少有人的。况且，婆婆纳算花么？十有八九的人，都要愣一愣。婆婆纳可不管这些，兀自开得欢天喜地。生命是它的，它做主。

雨止。阳光哗啦啦来了。我总觉得，这个时候的阳光，浑身像装上了铃铛，一路走，一路摇着，活泼的，又是俏皮的。于是，沉睡的草醒了，沉睡的河流醒了，沉睡的树木醒了……昨天看着还光秃秃的柳枝上，今日相见，那上面已爬满嫩绿的芽。水泡泡似的，仿佛吹弹即破。

春天，在阳光里拔节而长。

天气暖起来。有趣的是路上的行人，走着走着，那外套扣子就不知不觉松开了，——好暖和啊。爱美的女孩子，早已迫不及待换上了裙装。老人们见着了，是要杞人忧天一番的，他们会唠叨："春要捂，春要捂。"这是老经验的，春天最让人麻痹大意，以为暖和着呢，却在不知不觉中受了寒。

一个老妇人，站在一堵院墙外，仰着头，不动，全身呈倾听姿势。院墙内，一排的玉兰树，上面的花苞苞，撑得快破了，像雏鸡就要拱出蛋壳。分别了一冬的鸟们，重逢了，从四面八方。它们在那排玉兰树上，快乐地跳来跳去，翅膀上驮着阳光，叽叽喳喳，叽叽喳喳。积蓄了一冬的话，有的说呢。

老妇人见有人在打量她，她不好意思地笑了，先自说开了："听鸟叫呢，叫得真好听。"说完，也不管我答不答话，继续走她的路。我也继续走我的路，却因这春天的偶遇，独自微笑了很久。

一个年轻的母亲，带了小女儿，沿着河边的草坪，一路走一路在寻找。阳光在她们的衣上、发上跳着舞。我好奇了，问："找什么呢？"

"我们在找小虫子呢。"小女孩抢先答。她的母亲在一边，微笑着认可了她的话。

"小虫子？"我有些惊讶了。

"我们老师布置的作业，让我们寻找春天的小虫子！"小女孩见我一脸迷惑，她有些得意了，响亮地告诉我。

哦，这真有意思。我心动了，忍不住也在草丛里寻开了，小蜜蜂出来了没？小瓢虫出来了没？甲壳虫出来了没？小蚂蚁算不算呢？

想那个老师真有颗美好的心，我替这个孩子感到幸运和幸福。

在河边摆地摊的男人，不知从哪儿弄来一些银饰，摆了一地。阳光照在那些银饰上，流光飞溅。他蹲坐着，头稍稍向前倾着，不时地啄上一啄，——他在打盹。听到动静，他睁开眼，坐直了身子。我拿起一只银镯问他："这个，可是真的？"他答："当然是真的。"言之凿凿。

我笑笑，放下。走不远，回头，见他泡在一方暖阳里，头渐渐弯下去，弯下去，不时地啄上一啄，像喝醉了酒似的。他继续在打他的盹。春天的太阳，惹人醉。

艾草香

对艾草，是老相识了。

乡村的沟沟渠渠里，一是艾草多，一是芦苇多。它们在那里熙熙攘攘，自枯自荣，世世代代。除了偶尔飞过的鸟雀，平时大概再没有谁会惦念它们。但乡人们都知道，它们在呢，就在那片沟渠里，枕着风，傍着水，枝繁叶茂，不离不舍。一到端午，家家户户门窗上都插上了艾草，满村荡着艾草香。

羊却不爱吃，猪也不爱吃，大概都是嫌它气味的霸道。它是草里的另类，做不到清淡，从根到茎，从茎到叶，气味浓烈得汹涌澎湃，有种豁出去的决绝。采艾的手，清水里洗过好多遍了，那艾草的味道，还久久逗留在手上，不肯散去。苦中带香，香中带苦，你根本分不清到底是苦多一些，还是香多一些。苦乐年华，它一肩扛了。

所以，它独特，在传统的民俗里，万古长存。早在诗经年代，就有了"彼采艾兮"的吟唱。说是唱爱情呢，我却觉得是唱它。它被人们赋予了神圣，用以寄托愁思，聊解忧伤。

南朝梁宗懔的《荆楚岁时记》中也曾有记载："五月五日……采艾以为人，悬门户上，以禳毒气。"说的是端午节这天，人们争相采艾，扎成人的模样，悬挂于大门之上，以消除毒气灾殃。不过是普通植物，却担当起驱毒辟邪的重任，这是艾草的本事了。有时，保持个性，坚守自己，方能脱颖而出。在这一点上，我们人类，得向一棵艾草学习。

可能是小时的记忆作怪，多少年来，我一直以为艾草只在水边生长，——这是我的孤陋了。福建有文友说，他们家乡的山上，漫山遍野，都长着艾草。人们也食它，三月里，艾草正鲜嫩，采了它，拌上糯米粉，包上芝麻、白糖做馅，蒸熟，即成艾糍粑。咬上一口，香软甘甜，鲜美无比。这吃法让我惊异，有尝试的欲望。想着，等来年吧，等三月天，一定去采了艾草回来吃。

小区里，爱种花的陈爹，在他的小花圃里，种上了艾。六月的天空下，一丛红粉之中，它遗世独立的样子，让人一眼认出，这不是艾草么！

陈爹笑，眼光缓缓地落在它上面，说，是啊，是艾草啊。

种这个做什么呢？问的人显然有些好奇了。

陈爹不急着作答，他弯腰，眯着眼睛笑，伸手拨弄一下那些艾。他说，可以驱虫的。你看，它旁边的花长得多好，不怕虫叮。

哦——围观的人一声惊呼，恍然大悟，原来，它做了护花使者。

陈爹种的艾草，现在正插在我家的门上。不多，一棵，茎与叶几乎同色，灰白里，浸染了淡淡的绿。香味很地道，开门关门的当儿，它总是扑鼻而至，浓烈，纯粹。这是陈爹送的。他爬了很高的楼梯，一家一家分送，他说，要过端午节了，弄棵艾你们插插。

我不时地望望，闻闻，心里有欢喜。端午的粽子我早已不爱吃了，然过节的气氛，却一点没削减，因了这一棵温暖的艾。

盛夏的果实

乡村的盛夏，有着最为饱满的繁华，花开得欢，瓜果结得实。那些瓜果不是一只只，而是一篮篮，是必须用篮子装的。每家地里，都牵着绕着无数的藤蔓，上面挂满瓜果，丝瓜、黄瓜、香瓜、扁豆……哪里能数得清？

我回乡下看父母，住在父母的老房子里。房前是一排一排的玉米，我望着玉米笑，想起小时偷集体地里玉米棒的事来。那时，提着篮子在玉米地里割猪草，割着割着，趁人不注意，掰下一根嫩玉米棒，就往怀里藏。走路上，像只胖胖的小熊，自以为没人看见。其实，大人们都知道，这孩子怀里藏着什么。他们只笑笑，不说。他们宽容着我这点私密的拥有和快乐。等回到家，我立即迫不及待把玉米棒放到灶膛里，烤。灶膛的火，映红一张兴奋的小脸。不一会儿，玉米的香味就四溢开来，那香味真浓烈啊，会香一整个晚上。现在城里的饭店里，有用嫩玉米粒做菜的，和着虾仁炒，油水淹着，是乡下女子化浓妆，失了她的本真。我还是喜欢烤着吃或煮着吃，一咬一大口，香味隽永。

院子里的梨树，是我上大学那年栽的，十来年过去了，它依然长势良好。年年夏天都会挂很多的梨，树枝因此累弯了腰。我坐在窗前望它们，心里有甜蜜的汁液流过。这是很好的时光，我和一树的梨对望。一排风吹过来，吹过去，风中满是草的香味瓜果的香味——青翠的味道。我以为，乡村的味道，是染了颜色的，是黄黄的香，绿绿的香。

黄的是花，是大片大片丝瓜花黄瓜花，还有南瓜花，趴在小院的院墙上。南瓜小时是吃怕了的，上顿下顿都是它。它比其他农作物好长，一粒种子种下去，就会长出一大蓬来，牵牵绕绕中，大朵大朵的南瓜花开了。不几日，花谢，南瓜打苞了，这个时候，它们像野地里的孩子，见风长，不出半月，就长成一个一个的胖娃娃，淘气地卧在叶中间。现在城里人的饭桌上，南瓜被当作宝贝，切成一片一片的，加了白糖蒸，用雕花的白瓷盘装着，特别诱人食欲。

母亲问，记得不，那个捧着大南瓜笑着的丫头？我的思绪轻轻绕了个弯，隔着遥遥的岁月望过去，有淡淡的哀痛浮上来。当年那个小丫头，和我同桌，十岁，有一张圆圆的脸。那年，她家里南瓜丰收，她捧着一只大南瓜，站在风里笑。不久之后，她大病，夜里起床喝凉水，受了风寒，竟死去。

现在，无数个夏天过去了，她永远是十岁的那一个，在记忆深处笑着，灿烂着，捧着一只大南瓜。

这，大概就是永恒了。

我情愿这样想，有些人的诞生，是为了永恒。就像十岁的那个小丫头。我情愿相信天堂之说，觉得好人都去了那里。那里，一定也有大片的南瓜花开，在盛夏，也有瓜果成篮地装。

我们只不过隔了一段距离，在各自的世界里安好。

晒月亮

乡村的夏夜是丰富的,最丰富的,莫过于月光了。

那真的是一泻千里漫山遍野呀,奶油样的,听得见汩汩流动的声音。远处的田野、小径,近处的树木、房屋,都开始了月光浴。白天的喧嚣与燥热被涤荡得干干净净,植物们在月下甜蜜地呼吸,脉脉含情。虫们在叶间欢天喜地唱着歌。露珠儿悄悄滴落,沁凉的,清香的。这个时候的乡村,格外宁静。

竹床,长凳,门板,被早早地搁置到苞谷场上。月亮升起来的时候,村人们都聚拢过来纳凉。人人手中一把蒲扇,坐着或躺着。风从这边吹过来,从那边吹走,月光的羽毛飞起来。这个时候,再坚硬的线条,也会变得柔软。

小孩子们可以缠着大人讲故事。我们最喜欢缠的人是邻居二伯,他仿佛有一肚子的故事。二伯长相挺"凶",一脸麻子,还瞎了只眼。平时一个人过,住在两间草棚里。大白天我们看到他,都绕道走。但到了月亮的晚上,他的脸上,却奇迹般一片柔和,甚至有些慈眉善目,我们都不再怕他。

二伯见到我们缠他,颇为得意。总是卖关子似的轻咳一声,再咳一声,说,从前哪。然后就停顿下来。我们急啊,追问,是从前有只狐么?

二伯笑着不吭声，只把那把破蒲扇摇来摇去，像拈花而笑的佛了。

于是有聪明伶俐的孩子，赶紧上去帮他扇扇子，还有的孩子去帮他敲背。他很是享受地微闭着眼，笑对其他人语，谁说我无儿无女的日子不好过的？瞧瞧，我有这么多孩子呀。大家便哄笑，说，你好福气。

月亮饱满，像怀了无限甜蜜的女子，深情款款。二伯的故事讲开了，是我们百听不厌的狐故事。故事自然说的是很久很久以前的从前，说有一个赶考的书生，在半路上救了一只掉进陷阱的狐，那是只成了精的女狐呀，一下子爱上书生了，就一路尾随了书生去赶考。在书生就要赶到京城时，突遇强人，遭到抢劫，差点丢了性命。狐便化成女子，日夜悉心照料他。书生伤好后，就和狐结成了夫妻。后来，狐妻助书生考上状元。

故事说到这儿，很圆满了。我们满足地叹气。星光下，我们想象着那只美丽的狐狸，希望自己也能遇到一只。或者，自己就是那样一只狐狸。

一旁的祖母，蒲扇在手上摇得可有可无，眼睛，早就闭上了。我们这才发现，已是下半夜了。木板床上有鼾声响起，月亮渐渐偏西了，是情深意长的一个回眸。我们的眼睛也不争气地粘上。母亲用扇子轻轻拍我们，该回屋睡去啦。邻居二伯显得意犹未尽，说，明天再来听二伯讲故事呀，二伯一定给你们讲一个更好听的。

我们打着哈欠，嘴里面应着好，一脚高一脚低地往屋子里走，披一身一肩的月光。回到屋里，人刚一沾上床，就进入梦乡。梦里，摇晃着一个大大的月亮，月亮下，跑着一只漂亮的狐，白色的毛，雪一样的……

多年过去，故乡的月亮一直在我的心头亮着，我找不到很好的词汇来描述它。不久前，我在一篇文章里偶然看到"晒月亮"这个词，一下子像遇到知己般的，故乡夏夜里那明晃晃的月亮，原是供我们晒的呵。

秋　露

秋露降了。

这是不知不觉中的事。微凉的清晨，出得门来，空气中都是秋露的味道，不由得人不深呼吸一下，发出会心的微笑，哦，秋露呢。

尘世里，总有些什么，让我们不自觉地微笑，使我们的坚硬，在一瞬间变得柔软。婴儿的梦呓，幼童的稚语，夕阳下，相互搀扶的老人……这些生动的，偶然撞进眼里来，便像有小手轻轻在心门上敲了一下，只为问一句：有人吗？哦，我来了。

人与人，物与物，人与物，总有相通的地方。那种秘密通道，未必可知，却在某一日某一时刻，赫然相逢，就那么轻轻一叩，便是相知。

就像遇到秋露。

那是菜叶儿上的，花朵儿上的，草尖儿上的，人的眉睫上的……秋还未深得那么狠，天气也未凉得那么透，一切还都有着碧绿的欢喜。秋露降了，莹莹复盈盈，在草尖上滚动，在成熟的稻谷上湿润，在花朵里安睡……母亲从地里归来，眉毛上沾着秋露，衣袖上沾着秋露，笑容里，也是秋露。母亲说，外面露水大呢。一边把一篮子羊草，倒进羊圈里，那里有羊三只，它们有着洁白的身子，温顺的眼睛。

秋露降落的那个清晨，在多年后我的记忆里反复出现，我温暖地想着母亲,想着故土。我很庆幸,我是个有根的人。

"绝顶新秋生夜凉,鹤翻松露滴衣裳。"这是写秋露的,诗里的秋露,有些像调皮的孩子,在松树上捉迷藏呢,却被更调皮的鹤,打落树下。有人从松树下过,那露,就滴到人的衣上。我很爱这句诗,读着,心里有欢喜。秋露浸润的清晨,我从一排树下过,仰头,也希望有露滴落下来,湿了我的衣裳。

又一个秋露浸润的清晨,我相遇一妇人,其时她拖着一拖车的蔬菜,走在路上。那些蔬菜,全是碧绿澄清的,叶上沾着露,水灵灵的,让人不忍移了眼。妇人是要去菜场赶早市的,妇人冲我笑,说:"刚下过露的青菜好吃呢。"我点头,停下买。妇人高兴地给我装袋,称秤,我惊讶地发现,她一只手上,断了三根手指。心里有同情暗生,妇人的脸上,却水波不兴,她一边给我装袋,一边跟我唠叨,说:"往后的蔬菜,会更好吃的,下过霜下过雪的。"

突然释然,无论过去有过什么不幸,日子里,却充满期待的美好。秋露过后,会下霜。霜过后,会下雪。雪过后,春天也就不远了。

秋天的黄昏

城里是没有黄昏的。街道的灯,早早亮起来,生生把黄昏给吞了。

乡下的黄昏,却是辽阔的,博大的。它在旷野上坐着;它在人家的房屋顶上坐着;它在鸟的翅膀上坐着;它在人的肩上坐着;它在树上、花上、草上坐着,直到夜来叩门。

而一年四季中,又数秋天的黄昏,最为安详与丰满。

选一处河堤,落座吧。河堤上,是大片欲黄未黄的草。它们是有眼睛的。它们的眼睛,是麦秸色的,散发出可亲的光。它们淹在一片夕照的金粉里,相依相偎,相互安抚。这是草的暮年,慈祥得如老人一样。你把手伸过去,它们摩挲着你的掌心,一下,一下,轻轻的。像多年前,亲爱的老祖母。你疲惫奔波的心,突然止息。

从河堤往下看,能看到大片的田野。这个时候,庄稼收割掉了,繁华落尽,田野陷入令人不可思议的沉寂中。你很想知道田野在想什么,得到与失去,热闹与寥落,这巨大的落差,该如何均衡?田野不说话,它安静在它的安静里。岁月枯荣,此消彼长,焉有得?焉有失?不远处,种子们正整装待发,新的一轮蓬勃,将在土地上重新衍生。

还有晚开的棉花呢。星星点点的白,点缀在褐色的棉枝上,这是秋天最后的花朵。捡拾棉花的手,不用那么急了。女人抬头看看天,低头看看"花",这会儿,她终于可以做到从容不迫,蚕事已告一段落,稻谷都进了仓,农活不那么紧了。她细细捡拾棉花,一朵一朵的白,落入她手里。黄昏下,她的剪影,很像一幅画。

你的眼睛,久久落在那些白上面,你想起童年,想起棉袄、棉鞋和棉被。大朵大朵的白,摊在屋门前的篾席上晒。你在里面打滚,你是驾着白云朵的鸟。玩着玩着,会睡着了,睡出一身汗来,——棉花太暖和了啊。

最开心的事是,冬夜的灯下,母亲把积下的棉花,搬出来,在灯下捻去里面的籽。你也跟着后面捻,知道有新棉鞋新棉袄可穿的,心先温暖起来。那时,你的世界就那么大。那时,一个世界的幸福,都可以被棉花填得满满的。

人生因简单因单纯,更容易得到快乐。你有些惆怅,因为,现在的你,离简单离单纯,越来越远了。

竟然还见到老黄牛。不多见了啊。人和牛,都老了。他们在河堤上,慢慢走,身上披着黄昏的影子。人的嘴里哼着"吆喝""吆喝",——歌声单调,却闪闪发光。牛低着头,不知是在倾听,还是在沉思。你想,到底牛是人的伙伴,还是人是牛的伙伴?相依为命,应该是尘世间最不可或缺的一种情感吧。

鸟叫声响在村庄那边,密密稠稠,是归巢前互道晚安呢。村庄在田野尽头,一排排,被黄昏镀上一层绚丽的橙色,像披了锦。炊烟升起来了,你家的,我家的,在空中热烈相拥,久久缠绵。这是村庄的好,总是你中有我,我中有你。不设防。

突然听得有母亲的声音在叫:"小雨,快回家吃晚饭噢——"你忍不住笑,原来不管哪个年代,都有贪玩的孩子的。

周遭的色彩,渐渐变浓变深。身下的土地,渐渐凉了,你也该走了。再贪恋地望一眼这秋天的夕阳,它一圈一圈小下去,小下去,像一只红透的西红柿,可以摘下来,炒了吃。

秋　夜

满满的月光，带着露珠的沁凉，扑到我的窗前，我才发现，秋了。

秋天的月光，不一样的。如果说夏天的月光是活泼的、透明的，秋天的月光，则是丰腴的、成熟的，千帆过尽，无限风情。它招引得我，想到秋夜底下去。

对那人说："去外面走走？"

他几乎没有一刻的犹豫，应道："好，我陪你。"

门在身后，轻轻扣上。一前一后的脚步声，相互应和，沙沙，沙沙，我的，他的。黑夜里看不见我们的笑，但我们在笑，是两个顽皮的孩童，趁着大人们不注意，偷偷溜到他们视野之外去，——心里面有窃喜。

小区睡了。夜是宁静的，更是干净的。空气里，流动着的是夜的体香，树木的、花的、草的，还有露珠的。白天的尘埃不见了，白天的喧闹不见了，白天的芜杂不见了，连一扇铁门上的难看的疤痕，也不见了。每家每户的窗前，都悬着一枚夜色，像上好的绸缎。一切的坚硬，在此刻，都露出它柔软的内核，快乐的，不快乐的，统统入梦吧。

再也没有比夜更博大的胸怀了，它可以容下你的得意，也可以收留你的失意；它可以容下你的欢笑，也可以收留你的忧伤。夜不会伤害你。

花朵是潮湿的，比白天要水灵得多。弯腰，辨认，这是月季吧？这是一串红吧？这个呢，是不是波斯菊？胭脂花是一下子就认出来的，因为它们开得实在太热烈，一蓬一蓬的。尽管夜色迷蒙，还是望得见它们的一张张小脸，憋得通红地开着。它们拼尽全身力气，努力绽放出自己最美的容颜，呈给夜看。是等待君王宠幸的妃子么？一豆灯下，临窗梳妆，对镜贴花黄。而一旦白天降临，它们的花朵，全都闭合起来，一夜怒放，不留痕迹。

真是，真是，怎么傻得只在夜里开呢？我嘴里面嘀咕着，心里却在为它鼓掌，都说女为悦己者容，花也是啊。它只开给夜色看，那是它的宿命，更是它的执着。

"坐一会儿吧。"我们几乎同时说。偌大的草地边，随便找一处石凳，我坐这头，他坐那头。

石凳沁凉如玉。风从四面八方吹过来，薄凉的，带了露珠的甜蜜。草的香味，这个时候纯粹起来，醇厚起来，铺天盖地，把人淹没。虫鸣声叫得细细切切，喁喁私语般的。树木站成一些剪影，月光动一下，它们就跟着动一下。

初秋的天空，星星们稀了，可是，仍然很亮。想起遥远的一句话："天上一颗星，地上一个人。"那时还小吧，当流星划过天空，小小的心里，会一阵惊颤：是谁走了？

谁呢？身边的亲人，都在，我摸摸这个，碰碰那个，很不放心。母亲不知我的心，母亲轻轻打我的手，问："丫头，傻乎乎想做什么？"

我是在那个时候就有了恐惧的，恐惧失去，我想紧紧抓住，不再松手。而事实上，在随后长大的过程中，我不断面对着失去，无可奈何。先是和我同岁的表哥，10岁那年夏天，下河游泳，溺水而亡。后来，我小学的同桌，一个大眼睛的女孩子，出天花死了。再后来，走的人陆续多了，他们有的是我的少年玩伴，有的是我的中学同学，有的是我的朋友。昨日还笑语喧喧的一个人，隔日却阴阳相隔。及至成年后，每次回老家，我都会听到一些不幸的消息，村子里某个我相熟的人，突然走了。直到我的外公、外婆、祖母、祖父，相继离去。

我轻轻叹："我生命中的人，一个一个少去了。"

他过来握我的手，他说："我们好好过。"

笑了。消失是一种必然，也是一种未知，我们无能为力，那就顺其自然吧。可握住的，是当下。当下，我们活着，我们都在，那就好好相待，不浪费每一寸光阴。比如，我们一起来享受这个秋夜的宁静，现世安稳。

"银烛秋光冷画屏，轻罗小扇扑流萤。天阶夜色凉如水，坐看牵牛织女星。"当年宫女的幽怨，留在那年的秋夜。她们终身所求，只不过是一夕相守，却不能够，只能陪着流萤，渐渐老去。我感谢我身边的这个人，他在，他让一个秋夜，充实。

他问："冷吗？"

我答："不冷。"

我们不再说话，夜色温柔地漫过我们，我们也成了夜色中的一分子，成了自然的一分子，像一株草，一朵花，一枚树叶子。安静着，恬淡着。

看 雪

今年的冬天，雪来得勤。三五朋友，得闲了便相邀："赏雪去？"我说："不，是看雪去。"我以为，"赏"太隆重了，是大观园内，宝玉和一群贵族小姐们，披了大红猩猩毡与羽毛缎斗篷，聚在雪地里拥炉作诗，旁边的美女耸肩瓶里，一枝红梅开得艳艳。这场景，绮丽得有些过分了，最终落得曲终人散两不见。寻常人，还是看雪的好，抬眼是看，低头亦是看，路边可看，桥头亦可看，随意又自在。

听过一首与雪有关的曲子，叫《踏雪寻梅》的。邓丽君唱过，但我还是喜欢听一群孩子合唱的。童稚的声音，晶莹得跟雪花儿似的，充满情趣。"雪霁天晴朗／蜡梅处处香／骑驴灞桥过／铃儿响丁当……好花采得瓶供养／伴我书声琴韵／共度好时光"，真是一幅绝妙的雪景图，却又是鲜活的。一场大雪后，天放晴了，积雪在阳光下，闪着钻石一样的光芒。一人骑驴看雪，何等悠闲！他遇桥而过，桥那边的雪地里，有梅可折。一路的铃铛声，惊醒了睡着的雪了。

刘长卿有首写雪的诗，则适合慢慢念。念着念着，俗世的温情，就泅满唇齿间。"日暮苍山远，天寒白屋贫。柴门闻犬吠，风雪夜归人。"一场大雪，搓棉扯絮般地飘着，已飘了一整天了，白了苍山，白了小茅屋。小茅屋的男主人，一早就狩猎去了，到晚上，他才顶着风雪归来。肩上扛着的长矛上，挑着一两只野兔，他今天丰收了。他咯吱咯吱踩着积雪，放眼处，都是雪啊，一片白茫茫。却在那白茫茫里，有一豆灯光，如暗夜里的一颗星星，远远地迎向他。那是他的女人，在倚门等他归呢，锅里一定炖着热腾腾的汤。想到这里，他的心不由得一暖，脚步加快。

近了，近了，褐色的柴门，映在白雪地里，暖乎乎的一团。卧在草垛里的大黄狗，听到主人的脚步声，欢叫着迎上来。这时，柴门"吱呀"一声开了，屋内的人儿，已站到门口，笑吟吟道："回来了？"然后一边接过他的长矛和猎物去，一边帮他拍打着身上的积雪。一个世界的冰寒，被搅动出一团的温馨来。

俗世里，我们本来所求不多，只要这样的一场雪，只要这样一场平凡的相守和温暖。

我想起乡下的母亲，雪落得紧的那会儿，她一定也站在家门口看雪的。家门口长一棵枣树，还是我们小时在家栽的，很有些年纪了。每年秋季都挂枣，枣儿成熟了，母亲会拣大的，留着，等我们回家吃。这时节，枣树的叶应该全落光了，繁密的枝条上，却有千朵万朵雪花开。母亲看的不是这个，母亲看的是不远处的田野，那里，洁白的雪，白砂糖似的，覆着一些植物，麦子呀油菜啊，来年可就大丰收了。瑞雪兆丰年啊。

冬天的树

在冬天，我常常不由自主地会为一棵树停下脚步，一棵掉光叶的树。

那棵树，或许是棵银杏。或许是棵刺槐。或许是棵苦楝树。或许是棵桑。它们一律的面容安详，简洁清爽，不卑不亢，不瞒不藏，坦露出它们的所有。没有了蓊郁，没有了喧哗，没有了繁花灼灼、果实丰登。可是，却端然庄严得叫你生了敬畏和敬重。

偶尔的鸟雀，会停歇在它裸露的枝条上，把那当作椅子、凳子，坐上面梳理毛发，晒晒太阳。它也总是慈祥地接纳。

风霜来，它接纳。

雨雪来，它接纳。

岁月再多的涛光波影，也难得撼动它了。它在光阴里，端坐。鼻对口，眼对心，如"打禅七"的禅僧。

智利诗人聂鲁达说，当华美的叶片落尽，生命的脉络才历历可见。一棵冬天的树，很好地诠释了这句诗。

它让我总是想到那次偶遇。

是在南国小镇。年老的阿婆，发髻整齐，穿着香云纱的衫裤，端坐在弄堂口。风吹过去，吹得她的衫裤沙沙作响。人走过去，花红柳绿地摇曳生姿。她只端坐不动，与世界安然相对，榆树皮似的脸上，不见喜悲。

年轻时的故事，却是百转千回层层叠叠。家穷，兄妹多。那年，她不过才十一二岁，就南下南洋打工。所得薪金，悉数寄往家里。一段日子的苦撑苦熬，兄妹们终于长大成人。她从南洋返回后，自梳头发，成了一个立誓终身不嫁的自梳女。那个年代，女性的地位低下卑微。走出家门的女性，独立意识开始苏醒，不甘心嫁到婆家，受虐待受欺侮。于是，她们像已婚妇女那样，在乡党的见证下，自行盘起头发，以示独守终身，这就成了自梳女。做了自梳女的女子，若中途变节，是要受到重罚的。轻则会遭到酷刑毒打，重则会被装入猪笼投河溺死。死后，其父母还不得为其收尸葬殓。

可是，爱情的到来，犹如春芽要钻出土来，四月的枝头花要绽放，哪里压得住！她爱了。

被吊打，被火烙，还差点被沉了河，她依然矢志不渝，只愿和心爱的人能生相随，死相伴。

她最终被乡党逐出家园。爱的那个人，却始乱终弃。她当时已怀有身孕，一个人流落他乡，种桑养蚕，独自把孩子抚养长大。

她拥有一手传统的好手艺，织得香云纱。九十多岁了，自己身上的衣，还是自己亲手织布，亲手漂染，亲手缝制。

人把她的一生当传奇，对她的往昔追问不休。她只淡淡笑着，不言不语，风云不惊。

是啊，还有什么可惊的呢！就像一棵冬天的树，已历经春的萌动，夏的繁茂，秋的斑斓，生命的脉络，已然描摹清晰。别再去问活着的意义，一生的所经所历，便是答案。

这个冬天，我陪朋友逛我们小城的泰山寺。寺庙跟前，我看到一棵苦楝树，撑着一树线条般的枝枝丫丫，斑驳着日影天光。如一尊佛，练达清朗。我们一时仰望无语。且住，且住，这岁月的根深流长。

第六辑 小扇轻摇的时光

恍惚间,月下有个小女孩,
手执小扇,追着扑流萤。

奔跑的小狮子

她常回忆起8岁以前的日子：风吹得轻轻的，花开得漫漫的，天蓝得像大海。妈妈给她梳漂亮的小辫子，辫梢上扎蝴蝶结，大红、粉紫、鹅黄。给她穿漂亮的裙，带她去动物园，看猴子爬树，给鸟喂食。妈妈给她讲童话故事，讲公主一睁开眼睛，就看到王子了。她问妈妈："我也是公主吗？"妈妈答："是的，宝贝，你是妈妈的小公主。"

可是有一天，她睁开眼睛，一切全变了样。妈妈一脸严肃地对她说："从现在开始，你是大孩子了，要学着做事。"妈妈给她端来一个小脸盆，脸盆里泡着她换下来的衣裳。妈妈说："自己的衣裳以后要自己洗。"

正是大冬天，水冰凉彻骨，她瑟缩着小手，不肯伸到水里。妈妈在一边，毫不留情地把她的小手，按到水里面。

妈妈也不再给她梳漂亮的小辫子了，而是让她自己胡乱地用皮筋扎成一束，蓬松着。她去学校，别的小朋友都笑她，叫她小刺猬。她回家对妈妈哭，妈妈只淡淡说了一句："慢慢就会梳好了。"

她不再有金色童年。所有的空余，都被妈妈逼着做事，洗衣、扫地、做饭，甚至去买菜。第一次去买菜，她攥着妈妈给的钱，胆怯地站在菜市场门口。她看到别的孩子，牵着妈妈的手，一蹦一跳地走过，那么的快乐。她小小的心，在那一刻，涨满疼痛。她想，我肯定不是妈妈亲生的。

她回去问妈妈,妈妈没有说是,也没有说不是。只是埋头挑拣着她买回来的菜,说:"买黄瓜,要买带刺的,带刺的才新鲜,明白吗?"

她流着泪点头,第一次懂得了悲凉的滋味。她心里对自己说,我要快快长大,长大了去找亲妈妈。

几个月的时间,她学会了烧饭、炒菜、洗衣裳;她也学会了,一分钱一分钱地算账,能辨认出,哪些蔬菜不新鲜;她还学会了钉纽扣。

一天,妈妈对她说,妈妈要出趟远门。妈妈说这话时,表情淡淡的。她点了一下头,转身跑开。等她放学回家,果然不见了妈妈。她自己给自己梳漂亮的小辫子,自己做饭给自己吃,日子一如寻常。偶尔,她也会想一想妈妈,只觉得,很遥远。

再后来的一天,妈妈成了照片上的一个人。大家告诉她,妈妈得病死了。她听了,木木的,并不觉得特别难过。

半年后,父亲再娶。继母对她不好,几乎不怎么过问她的事。这对她影响不大,基本的生存本领,她早已学会,她自己把自己打理得很好。如岩缝中的一棵小草,一路顽强地长大。

她是在看电视里的《动物世界》时,流下热泪的,那个时候,她已嫁得好夫婿,在日子里安稳。《动物世界》中,一头母狮子拼命踢咬一头小狮子,直到它奔跑起来为止。她就在那会儿,想起妈妈。当年,妈妈重病在身,不得不硬起心肠对她,原是要让她,迅速成为一头奔跑的小狮子,好让她在漫漫人生路上,能够很好地活下来。

手指上的温度

坐在母亲的小院里晒太阳，冬天的太阳。

母亲的小院落，还是从前的模样。几十年了，无数个季节花开花落，星月流转，它却坚定地守在这里，等着我回来晒太阳。

母亲把炒好的南瓜子捧出来给我嗑。夏天的时候，母亲的小院里，还有门前屋后，总会开满艳艳的黄花，是南瓜的花。不多久，就看到很有些壮观的场面：大大小小的南瓜，睡在绿的叶间，像胖娃娃。母亲吃不掉那些南瓜，母亲栽种它们，是为了取里面的籽。把那些籽洗净，晒干，炒熟，就是香味四溢的瓜子儿。母亲知道她的孩子喜欢吃。

母亲的脚步声在院门外响起，胳膊肘里挎着篾篮，篾篮里是碧绿的青菜，很蓬勃。母亲不知打哪儿学到一句很时髦的话，笑眯眯地对我说："这是绿色食品。"父亲跟在后面进来，也说："这是绿色食品，一点农药都没打过的。"母亲回头，佯怒道："怎么我跑到哪儿你跟到哪儿，跟只猫儿似的？"

父亲对我告状，说母亲老是欺负他。母亲不甘落后，也抢着告状，说父亲欺负她了。我问怎么个欺负法的？两个人就傻笑，说不出个所以然来，只嘟囔着说，反正欺负了。

心突地一紧，想起小时候，受了冷落，总是以这样的方式来引起父母的注意，到母亲面前告状，说姐姐欺负我了。母亲就会抱抱我，亲亲我。母亲的温度，通过手指传给我，我小小的心，变得很满足很温暖。

阳光绵软如絮。恍惚中，从前的那个小女孩长大了，而我的父母却小了，愿望只剩下那么一点点——只想不被儿女们遗忘掉。

眼睛触到父亲的白发，母亲的皱纹，突然无话。记起回来时，曾在包里塞进一条烟，是带给父亲的。虽说吸烟有害健康，是我极力反对的，但父亲没别的嗜好，就爱吸两口。我所能做的，也就是顺了他的喜好，让他开心。

父亲得了香烟很得意，跑到母亲跟前炫耀，他晃着那条烟馋母亲，说："丫头带给我的。"其神态，像意外得了宝贝的孩子。

母亲不乐意了，跑过来，对我摊开双手说："我也要。"我觉得好笑，我说你又不吸烟，要烟做什么？遂低头到包里翻找，我找到一盒巧克力，是单位同事结婚时发的喜糖，我随手放在包里面了。我把巧克力拿出来给母亲，母亲惊喜非常，把那盒包装精美的巧克力托在掌上，看了又看，然后举到父亲跟前，欢天喜地地说："看，丫头还是最宝贝我，送我的东西比送你的好看。"

午饭过后，我回城。半路上，到包里掏纸巾擦手，手触到一个纸盒，掏出来，竟是我给母亲的那盒巧克力。不知何时，母亲又把它悄悄塞回到我的包里面，上面的包装都未曾动过。

我明白了，母亲所索要的，不过是我手指上的温度。

那个被你伤得最深的人

见过一个父亲的泪。他蹲在一堵墙外,满身疲惫的风尘。先是呆呆地看着街景,后来,他手捂住脸呜咽。双肩耸动,单薄的身影,像极秋深时,枝上一枚欲抖落的叶。眼泪从他指缝处,不住地溢出来,成小溪流。午后的阳光,照在上面,反射出惨痛的晶莹。他的头上,霜花点点。墙内,是看守所。他 20 岁的儿子,因跟人合伙抢劫,被关在了里面。

见过一个母亲的泪。车站,她来追她执意要远走的女儿。女儿打扮得时髦入时,嘴唇抹得鲜艳欲滴。她却头发蓬松,衣着暗淡。她不住地恳求着女儿:"妈妈求你了,你不要走啊……"女儿根本不耐烦听,女儿回的话,几乎有些恶狠狠:"你烦什么烦,我的事不要你管!"

女儿等的车,终于到站。女儿甩开她试图牵拉的手,跳上去。她急得直拍车窗,口里叫着女儿的小名:"兰儿,兰儿,你不要走,你不要走。"惹得旁人纷纷侧目。车到底,还是开走了,做她女儿的,连头都没回一下。她站在人来人往的车站,呆呆望着女儿远去的方向,蓝天白云都是痛啊。泪水从她脸上,成串成串下。

见过一个丈夫的泪。他寻找离家出走的妻,持了妻的照片,问每个过路人:"你见过她吗?"问得嘴唇皲裂。一年之中,他走遍大半个中国,妻的音信还是杳无。他把她的信息发到他能发到的角落,拜托每个好心的人，帮他留意。半夜三更，电话一响，他就奔过去查询，看是不是妻。一次，得了消息，某个大山沟里一户人家买来的媳妇，很像他的妻。他立马去寻，饿得头晕眼花，差点一脚摔下山崖。

后来的后来，妻还真的被他寻着了。其时，她已再度嫁人，养得珠圆玉润，坚决不肯跟他回家。五大三粗一男人，没法可想了，蹲在马路边，哭得号啕。

见过一个妻子的泪。丈夫背着她，挪用公款给同学做生意，结果同学生意失败，公款还不上了。丈夫害怕之下，选择了逃离，撇下她，一去不返。她天天盼，日日等，夜夜泪湿枕巾，希望某天，丈夫突然归来，那将是多大的惊喜啊。

她鼓足勇气上了电视。面对着无数的观众，她潸然泪下，好几次语不成调，眉目间，全是憔悴和痛楚。她对着镜头，呼唤着她的丈夫："亲爱的老公，你回来吧，哪怕是坐牢，我们一起坐。欠下的债务，我们可以一起还。我们的日子还长，你怎么忍心丢下我，一个人躲得远远的……"

这世上，被你伤得最深的那个人，往往是最爱你的那个人，你伤他总是易如反掌，因为他对你毫不设防。而在被你伤害之后，他只会哭泣，从不知道反抗。

小扇轻摇的时光

暑假了，母亲一直盼望我能回乡下住几天。她知道我打小就喜欢吃些瓜呀果的，所以每年都少不了要在地里种一些。待得我放暑假的时候，那些瓜呀果的正当时，一个个碧润可爱，专等我回家吃。

天气热，我赖在有空调的房间里怕出来，故回家的行程被一拖再拖。眼看着假期已过半了，我还没有回家的意思。母亲首先沉不住气了，打来电话说："你再不回来，那些瓜都要熟得烂掉了。"

再没有赖下去的理由了。遂带了儿子，冒着大太阳，坐了几个小时的车，回到了生我养我的小村庄。

村庄的人都是看着我长大的，看见我了，亲切得如自家的孩子。远远地就笑着递过话来："梅又回来看妈妈啦？"我笑着应："是呢。"走远了，听到他们在背后议论："这孩子孝顺，一点不忘本。"心里面霎时涌满羞愧，我其实什么也没做啊，只偶尔把自己送回来给想念我的母亲看一看，竟被村人们夸成孝顺了。

母亲知道我回来，早早地把瓜摘下来，放在井水里面凉着。是我最喜欢吃的梨瓜和香瓜。又把家里唯一的一台大电风扇，搬到我儿子身边，给我儿子吹。

我很贪婪地捧了瓜就啃，母亲在一边心满意足地看，说："田里面结得多呢，你多待些日子，保证你天天有瓜吃。"我笑笑，有些口是心非地说："好。"儿子却在一旁大叫起来："不行不行，外婆，你家太热了。"

母亲惊诧地问："有大电风扇吹着还热？"

儿子不屑了，说："大电风扇算什么？我家还有空调呢，你看你家连卫生间也没有呢。"

我立即用严厉的眼神制止了儿子，对母亲笑："妈你别听他的，有电风扇吹着不热的。"

母亲没再说什么，一头没进厨房间，去给我们忙好吃的了。

晚饭后，母亲把那台大电风扇搬到我房内，有些内疚地说："让你们热着了，明天你就带孩子回去吧，别让孩子在这儿热坏了。"

我笑笑，执意要坐到外面纳凉。母亲先是一愣，继而欢喜不已，忙不迭搬了躺椅到外面。我仰面躺下，对着天空，手上执一把母亲递来的蒲扇，慢慢摇。虫鸣声在四周此起彼伏地响起，南瓜花在夜色里静静开放。月亮升起来了，盈盈如水。恍惚间，月下有个小女孩，手执小扇，追着扑流萤。

和母亲有一句没一句地说着话，重重复复的，都是些旧时光。母亲在那些旧时光里沉醉。月色潋滟，我的心放松成一根柔软的水草，迷糊着就要睡过去了。母亲的声音突然在耳边响起："冬英你还记得不？就是那个跟男人打赌，一顿吃20个包子的冬英？"

"当然记得，那个粗眉毛大眼睛的女人，干起活来，大男人也及不上她。"

"她死了。"母亲语调忧伤地说，"早上还好好的呢，还吃两大碗粥呢。准备到田里面锄草的，人还没走到田里呢，突然倒下，就没气了。"

"人啊。"母亲叹一声。

"人啊。"我也跟着叹一声。心里面突然警醒，这样小扇轻摇与母亲相守的时光，一生中还能有几回呢？暗地里打算好了，明日，是决计不回去的了，我要在这儿多住几日，好好握住这小扇轻摇的时光。

六只柿子

家里的晚秋蚕养完了,父亲计划着进城来玩玩。"给你妈买双皮鞋,我自己也买件衣服。"父亲说。卖了蚕茧,父亲的语气里透着奢侈的喜悦。

父亲进城,肩上扛的是米袋子,手里拎的是方便袋,里面塞着青青的黄豆荚、嫩绿的韭菜,还有六只又大又红的柿子。

父亲电话里问:"柿子熟了,想不想吃?"我说想。也只是随便说说。街上的水果一茬接一茬,桃子走了有鸭梨,现在苹果、橘子已大量上市了。还有北方的大枣,被山东汉子用小推车推着,满街叫卖,说是甜如蜜糖,脆如雪梨。尝一颗,果真是。这些水果,都比柿子好吃。

但父亲却把我的话当真了,很认真地给我挑了六只柿子,然后扛着沉沉的米袋子上路了。米袋子里,是刚脱粒的新米,家中田里自个儿长的。他说要送来给我尝尝鲜。

父亲途中转了两次车,才到达我的家。父亲就那样扛着米袋子,上上,下下。又扛着米袋子,走过长长的街道,在川流的人群里,左冲右突。有汗珠子滚下来吗?我不知道。因为父亲到达我家时,我还在上班。等我回到家,米袋子已立在客厅里了。六只红红的柿子,小红灯笼似的,蹲在桌上。

父亲坐在沙发上看电视,看到我回家,父亲赶紧起身问:"累了吧？""瞧，你爱吃的柿子。"他指指桌上，而后带着万分歉意地说："人老了，没力气了，再多，就拎不动了，只能挑了六只带来。"我的眼光，落到父亲头上，那里，稀疏的发，已看不见黑的了。记忆里相貌堂堂的父亲，如今，真的成了一个白发苍苍的老人了。

父亲不知我心里的感伤，他兀自高兴地告诉我家里的事："水稻收了，蚕茧卖了个好价钱，圈里的猪也快能卖了。还养了两只羊。你喜欢的那只猫，生了小猫，却不归家，把些小猫衔得藏东藏西的，生怕哪个去捉了它的小猫。"父亲说到此，呵呵笑起来，充满幸福的。

"下午，你有空吗？"叨叨一阵后，父亲突然问我。

我想了想，点点头。父亲很高兴地说："那么，下午你陪我到街上去帮你妈妈买双皮鞋，她苦了一辈子，都没穿过好鞋子，这次蚕茧卖了个好价钱，我要好好奖励她一下。"

我跟他逗趣："你真的有钱？"父亲忙不迭掏口袋，说："真有钱。不信，你看。"我看过去，也不过几百块钱的样子，父亲却像拥有了一笔巨大的财富似的。

心里不知怎的有些酸酸的，我转身去吃柿子，装作万分欢喜的样子。父亲在一边看着乐了，很得意地说："这都是我和你妈挑了又挑的，挑的是最大最红的带过来的。怕被东西撞破了，就把它们放在韭菜里，拎在手上，一路上，我一直袋子不离手的。你看，它们的皮，一点也没破吧？"

的确是，它们薄薄的皮，撑着饱满的果肉，像幼孩的皮肤，轻弹即破，却硬是连一点褶皱也没有。

想大街上南来北往的人群里，父亲佝偻着腰，扛着沉沉的米袋子，一边却要护着手里的方便袋。没有谁知道，他手里小心护着的，不过是六只柿子，带给他女儿吃的。

不要对那个人叫嚷

周末,是乡下家长来学校看孩子日,每到这时,学校门口都涌满人。几乎没有一个家长,不是手提肩背的,那里面,吃的穿的用的,应有尽有,有好些东西几天前就在家里准备好了。

有一幕,总遇见:驼背的母亲,无比艰难地在人群中挪着步。那背,可真叫驼,已弯曲成一把弓。她的头,努力向上昂着,鸭子一样,伸向前去,一步一匍匐。即便这样的母亲,亦是要在背上,背上一个大包裹,那里面塞着她儿子爱吃的小菜和换洗的衣裳。

做儿子的与母亲恰恰相反,生得高大挺拔。他在人群里,早已看到母亲了,并不叫唤,而是一阵风似的冲出校门。路过母亲身边时,用胳膊肘捅一下母亲,继续往前走,头也不回。母亲见到儿子,焦急的神情,立即换上欢喜,笑容满满地爬在脸上。她回转身,在后面一迭声呼唤着儿子的小名,踩着碎步,跟在后面追。

她的叫声,引来一些人张望。儿子急,在人少的地方停下来,回头,对母亲跺脚,眉头紧皱。等到母亲气喘吁吁赶到跟前,儿子俯视着母亲低声呵斥:"你叫什么叫,生怕别人听不见哪?!"一把拽过母亲背上的包裹,恨恨道:"跟你说过多少回了,不要来,不要来,你为什么还要来?"

母亲不恼,母亲仰着头看着儿子笑,轻言慢语说:"我不来,谁给你送东西呀？"

"我会自己请假回去拿的。"儿子的眼睛，不看母亲，他扫视周围的人，那眼神，明显有些躲闪。

母亲还是宽容地笑："你这来来回回的，多浪费时间啊，我给你送来，省得你来回跑。"

儿子恼了，跺脚叫："谁让你送，谁要你送！"话说完，提了东西要走。母亲赶紧拉住儿子，想跟儿子多唠几句。她絮叨着说，煮的鸡蛋要趁早吃掉，不然会坏掉的。鱼罐子吃好了不要把罐子扔掉，下次好再装了带来。被子要时常捧出来晒……

儿子不耐烦地说："你有完没完？下次你不要来了！"他挣脱母亲的手，甩开步子，往学校跑去，仿佛后头跟了追兵。母亲这回没跟着追，只是望着儿子的背影，心疼地念叨："这孩子，又瘦了。"

我站一边，望良久，看着这位母亲转回头，一步一匍匐，走远了。

在校园里，亦曾碰见过另一个女学生，对着前来看她的父亲发火。是嫌父亲给她买的外套不好，女学生冲着父亲叫嚷："谁让你买的？乱做主！这颜色难看死了，我不穿！"做父亲的捧着那件外套，讪讪笑着，束手无策地站在一边。

女学生我教过，平日里，是个温文尔雅的孩子，却在父亲面前，全然失了礼貌。当她看见我，很尴尬，低声叫了声："老师。"我摸摸那件衣，我说："挺好看的呀。"做父亲的如同得了天书："你看，你们老师都说好看的。"女学生瞅了父亲一眼，红着脸，接下了父亲买的衣。

我很想告诉这些孩子，请不要对那个人大声叫嚷。他们或许贫穷，或许丑陋，或许木讷，可是，他们的爱，一样醇厚，一样珍贵。因为，那是血浓于水。你的叫嚷，是对他们爱的践踏。

他在岁月面前认了输

他花两天的时间，终于在院门前的花坛里，给我搭出两排瓜架子。竖十格，横十格，匀称如巧妇缝的针脚。搭架子所需的竹竿，均是他从几百里外的乡下带来的。难以想象，扛着一捆竹竿的他，走在车水马龙的大街上，是副什么模样。

他说："这下子可以长刀豆、黄瓜、丝瓜、扁豆了。"

"多得你吃不了的。"他两手叉腰，矮胖的身子，泡在一罐的夕阳里。仿佛那竹架上，已有果实累累。其时的夕阳，正穿过一扇透明的窗，落在院子里，小院子像极了一个敞口的罐子。

我不想打击他的积极性——不过巴掌大的一块地，能长出什么来呢？且我，根本不稀罕吃那些了。我言不由衷地，对他的"杰作"表示出欢喜，我说："哦，真不赖。"是因为我突然发现，他除了搭搭瓜架子外，实在不能再帮我做什么了。

他在我家沙发上坐，碰翻掉茶几上一套紫砂壶。他进卫生间洗澡，水漫了一卫生间。叮嘱他："帮我看着煤气灶上的汤锅啊，汤沸了帮我关掉。"他答应得相当爽快："好，好，你放心做事去吧，这点小事，我会做的。"然等我在电脑上敲完一篇稿子出来，发现汤锅里的汤，已溢得满煤气灶都是，他正手忙脚乱地拿了抹布擦。

我们聊天。他的话变得特别少，只顾盯着我傻笑，我无论说什么，他都点头。我说："爸，你也说点什么吧。"他低了头想，突然无头无脑说："你小时，一到冬天，小脸就冻得像个红苹果。"想一会儿又说："你妈现在开始嫌弃我喽，老骂我老糊涂，她让我去小店买盐，我到了那里，却忘了她让我买什么了。"

"呵呵，老啦，真的老啦。"他这样感叹，叹着叹着，就睡着了。身子歪在沙发上，半张着嘴，鼾声如雷。灯光下，他头上的发、腮旁的鬓发和下巴的胡茬，都白得刺目。点点霜花落。

可分明就在昨日，他还是那么意气风发，把一把二胡，拉得音符纷飞。他给村人们代写家信，文采斐然。最忙的是年脚下，村人们都夹了红纸来，央他写春联。小屋子里挤满人，笑语声在门里门外荡。大年初一，他背着手在全村转悠，家家门户上，都贴着他的杰作。他这儿看看，那儿瞅瞅，颇是自得。我上大学，他送我去，背着我的行李，大步流星走在前头。再大的城，他也能摸到路。那时，他的后背望上去，像一堵厚实的墙。

老下去，原不过是一瞬间的事。

我带他去商场购衣，帮他购一套，帮母亲购一套。

他拦在我前头抢着掏钱，"我来，我有钱的。"他"唰"一下，掏出一把来，全是五块十块的零票子。我把他的手挡回去，我说："这钱，留着你和妈买点好吃的，平时不要那么省。"他推让，极豪气地说："我们不省的，我和你妈还能忙得动两亩田，我们有钱的。"待看清衣服的标价，他吓得咋舌："太贵了，我们不用穿这么好的。"

那两套衣，不过几百块。

我让他试衣。他大肚腩，驼背，衣服穿身上，怎么扯也扯不平整。他却欢喜得很，盯着镜子里的自己，连连说："太好看了，我穿这么好回去，怕你妈都不认得我了。"

他先出去的。我在后面叫："爸，不要跑丢了。"他嘴硬，对我摆摆手："放心，这点路，我还是认得的。"等我付了款，拿了衣出门，却发现他在商场门口转圈儿，他根本不辨方向了。

我上前牵了他的手，他不习惯地缩回。我也不习惯，这么多年了，我们都没牵过手。我再次牵他的手，我说："你看大街上这么多人，你要是被车碰伤了怎么办？你得跟着我走。"他"唔"一声，粗糙的手，惶惶地，终于在我的掌中落下来，脸上，露出迷惘的神情。我的眼睛，有些模糊，是夕阳晃花眼了吧？什么时候，他竟这样矮下去，矮下去，矮得我看他时，须低了头。他终于如一株耗尽生机的植物，匍匐到大地上。

远方的远

男人患了肝癌，晚期。行将就木。

守在一边的小女儿，六岁，对死亡懵懵懂懂。她害怕地问男人："爸爸，你要死了吗？"

男人伸手抚了抚小女儿的脸，笑着摇摇头："不，爸爸是要到很远很远的地方去。"

"很远很远的地方在哪儿？"小女儿问。

男人让朋友把他和小女儿带到野外，那里，有一片原野，和低矮的山坡。春天了，草长莺飞，阳光的羽毛，轻轻飘落。一条长满小草和开满野花的小路，弯弯曲曲伸向远方。一群又一群的小粉蝶，在花草间嬉戏。远方，山与天齐。男人指着远方告诉小女儿："那里，是远方的远，爸爸要到那儿去。爸爸的爸爸，也就是你爷爷，一个人在那儿寂寞了，想爸爸了，所以，爸爸决定去看他。等你长大了，爸爸想你了，你也会走这么远，去看爸爸的。"

"那我就坐飞机去。"小女儿说。想了想，她又说，"要不，我坐飞船去。飞船快吧爸爸？"

男人笑了，男人说："飞船很快很快。可是宝宝，你坐上飞船，你就看不到这些漂亮的小花了。还是慢慢走过去好，你一边走，还可以一边和蝴蝶们玩呀。"

小女儿觉得这个主意不错,她甚至想好,要做个大花环带给爸爸。"只是,你会认出我吗?"小女儿不放心地问。

男人说:"到那时,我就问路过的风儿,你们见过我的小女儿吗?我就问路边的小花,你们见过我的小女儿吗?它们会问我,你小女儿长什么样儿呀?我就说,哦,我小女儿有大大的眼睛,小小的嘴,长得像个小公主。她戴着一个美丽的花环,她总是甜甜地笑着,笑起来可漂亮啦。于是风儿和小花都会争着告诉我,呀,我们见过的呀。它们把我带到你身边,一指你,说,就是她呀。我就认出是你了。"

小女儿开心地笑了。

男人接着说:"所以,爸爸走后,宝宝要快乐哦,要笑。不然,那些风儿,那些花儿,会不认得你。"

小女儿点头答应了,很认真地和男人勾了勾小指头。

不久,男人去了。小女儿很思念他,她在纸上画了一幅画:无边的原野,低矮的山坡,弯弯的小路。路边,开着一朵一朵小花,花瓣儿像极微笑的眼睛,一路笑向天边去了。小女儿不悲伤,她知道,那里,就是远方的远,是爸爸在的地方。有一天,他们会在那里相聚,到那时,她一定要告诉爸爸,她一直一直过得很快乐。

等你回家

陪一个父亲，去八百里外的戒毒所，探视他在那里戒毒的儿子。

戒毒所坐落在荒郊野外。我们的车，在乡间土路上颠簸着。路边，野葵和蒲公英开得兴兴的。一些鸟，在草地间飞起，又落下。天空蓝得很高远。做父亲的心，却低落得如一棵衰败的草，他恨恨地说，真不想来啊。

一路之上，他不停地痛骂着儿子，列数着儿子的种种不是，说他毁了一个家，毁了他。他含辛茹苦养大他，为他在城里买了房，买了车，帮他娶了媳妇。那个不肖子，却被一帮狐朋狗友拖下水，去吸食毒品。房子吸没了，车子吸没了，媳妇吸跑了，他一辈子积攒的家业，几乎被他掏空了。

我真想跟他同归于尽！这个父亲，说到激愤处，双眼通红地睁着，抛出这样一句狠话来。若儿子在跟前，他是要把他撕成碎片才甘心的。

我坐在一边，听他痛骂，隐隐担着心，这样的父亲，去见儿子，会有怎样的结果？

车子静静地，一路向前。野葵和蒲公英，一路跟着。也终于，远远望见了几幢房，青砖青瓦，连在一起，坐落在一块开阔地。开车的师傅说，到了。做父亲的像突然被谁猛击了一掌似的，愣愣地，不相信地问，真的到了？一看表，快上午十点了。他急了，说，也不知能不能见着。因为按这家戒毒所的规定，上午十点之后，一律不允许探视。

他一口气跑到大门口。还好，还有十五分钟的时间。办了相关手续，这个父亲一秒也不曾停留，急急火火往探视室跑。很快，他儿子被管教干部带进来。高高壮壮的年轻人，脸上也无欢喜也无悲。他看到父亲，嘴角稍稍牵了牵，像嘲讽。一层玻璃隔着，他在里头，父亲在外头。做父亲的盯着他，从他进来起，就一直盯着他，话筒拿在手上，并不说话。

旁边，亦有来探视的人。一个长相甜美的女孩子，在玻璃窗外头，不停地用手指头在举起的另一掌上画着什么。在里头看着的，是个清秀的男孩子。他眼睛跟着女孩的手指转动，频频点头，含着泪笑。他是读懂她爱的密码的，从此，都改了吧。还有几个人，男男女女，大概是一家子，围在一起，争着跟里面一个中年人说话。里面的中年人，憔悴着一张脸，却一直笑着，一直笑着。这时，他们中的一个，突然到探视室外面，叫了一个男孩进来。孩子不过十一二岁，白净的面容，文文弱弱的。孩子怯怯地打量了四周一眼，走到中年人那里，拿过话筒，隔着玻璃窗，才说了一句什么，里面笑着的中年人，不笑了，他愣愣地看着孩子，眼泪下来了。

哭什么呢？你会改好的！我听到那些人里的一个大声说。

探视的时间，快要过去了，管教干部已进来提醒。一直跟儿子对峙着的父亲，这时掉过头来。我发现他与刚才的强悍，判若两人，竟是一脸的戚容。他低声说，里面的日子，不好过的，看他，也黑了，也瘦了。

他问我，你有纸笔吗？

当然有。我掏出来给他，正疑惑着他要做什么，只见他低头在纸上迅速写下几个字，贴到玻璃窗上，给儿子看。里面的年轻人，看着看着，神情变了，两行泪，缓缓地，从他腮边滚落下来。

探视结束后，我看到这个父亲在纸上留下的字，那几个字是：儿子，等你回家。

爱到无力

母亲踅进厨房有好大一会儿了。

我们兄妹几个坐在屋前晒太阳,等着开午饭,一边闲闲地说着话。这是每年的惯例,春节期间,兄妹几个约好了日子,从各自的小家出发,回到母亲身边来拜年。母亲总是高兴地给我们忙这忙那。这个喜欢吃蔬菜,那个喜欢吃鱼,这个爱吃糯米糕,那个好辣,母亲都记着。端上来的菜,投了人人的喜好。临了,母亲还给离家最远的我,备上好多好吃的带上。这个袋子里装青菜菠菜,那个袋子里装年糕肉丸子。姐姐戏称我每次回家,都是鬼子进村,大扫荡了。的确有点像。母亲恨不得把她自己,也塞到袋子里,让我带回城,好事无巨细地把我照顾好。

这次回家,母亲也是高兴的,围在我们身边转半天,看着这个笑,看着那个笑。我们的孩子,一齐叫她外婆,她不知怎么应答才好。摸摸这个的手,抚抚那个的脸。这是多么灿烂热闹的场景啊,它把一切的困厄苦痛,全都掩藏得不见影踪。母亲的笑,便一直挂在脸上,像窗花贴在窗上。母亲突然想起什么似的说:"我要到地里挑青菜了。"却因找一把小锹,屋里屋外乱转了一通,最后在窗台边找到它。姐姐说:"妈老了。"

妈真的老了吗?我们顺着姐姐的目光,一齐看过去。母亲在阳光下发愣,"我要做什么的?哦,挑青菜呢。"母亲自言自语。背影看起来,真小啊,小得像一枚皱褶的核桃。

厨房里,动静不像往年大,有些静悄悄。母亲在切芋头,切几刀,停一下,仿佛被什么绊住了思绪。她抬头愣愣看着一处,复又低头切起来。我跳进厨房要帮忙,母亲慌了,拦住,连连说:"快出去,别弄脏你的衣裳。"我看看身上,银色外套,银色毛领子,的确是不禁脏的。

我继续坐到屋前晒太阳。阳光无限好,仿佛还是昔时的模样,温暖,无忧。却又不同了,因为我们都不是昔时的那一个了,一些现实无法回避:祖父卧床不起已好些时日,大小便失禁,床前照料之人,只有母亲。大冬天里,母亲双手浸在冰冷的河水里,给祖父洗弄脏的被褥。姐姐的孩子,好好的突然患了眼疾,视力急剧下降,去医院检查,竟是严重的青光眼。母亲愁得夜不成眠,逢人便问,孩子没了眼睛咋办呢?都快问成祥林嫂了。弟弟婚姻破裂,一个人形只影单地晃来晃去,母亲当着人面落泪不止,她不知道拿她这个儿子怎么办。母亲自己,也是多病多难的,贫血,多眩晕。手有严重的风湿性关节炎,疼痛,指头已伸不直了。家里家外,却少不了她那双手的操劳。

我再进厨房,钟已敲过十二点了。太阳当头照,我的孩子嚷饿,我去看饭熟了没。母亲竟还在切芋头,旁边的篮子里,晾着洗好的青菜。锅灶却是冷的。母亲昔日的利落,已消失殆尽。看到我,她恍然惊醒过来,异常歉疚地说:"乖乖,饿了吧?饭就快好了。"这一说,差点把我的泪说出来。我说:"妈,还是我来吧。"我麻利地清洗锅盆,炒菜烧汤煮饭,母亲在一边看着,没再阻拦。

回城的时候,我第一次没大包小包地往回带东西,连一片菜叶子也没带。母亲内疚得无以复加,她的脸,贴着我的车窗,反反复复地说:"乖乖,让你空着手啊,让你空着手啊。"我背过脸去,我说:"妈,城里什么都有的。"我怕我的泪,会抑制不住掉下来。以前我总以为,青山青,绿水长，我的母亲，永远是母亲，永远有着饱满的爱，供我们吮吸。而事实上，不是这样的，母亲犹如一棵老了的树，在不知不觉中，它掉叶了，它光秃秃了，连轻如羽毛的阳光，它也扛不住了。

我的母亲，终于爱到无力。

第七辑 风过林梢

风过林梢呀风过林梢,
在哪棵树的心底里,
留下痕印?

咫尺天涯，木偶不说话

"她"叫红衣。

"他"叫蓝衣。

他们从"出生"起，就同进同出，同卧同眠。简陋的舞台上，"她"披大红斗篷，葱白水袖里，一双小手轻轻弹拨着琴弦。阁楼上锁愁思，千娇百媚的小姐呀，想化作一只鸟飞。"他"一袭蓝衫，手里一把折扇，轻摇慢捻，玉树临风，是去京赶考的书生。湖畔相遇，花园私会，缘定终身。秋水长天，却不得不分别。"她"盼"他"归，等瘦了月亮。"他"金榜题名，携了凤冠霞帔回来娶"她"，有情人终成眷属。观众们长舒一口气。剧终。"她"与"他"，携手来谢幕，鞠一个躬，再鞠一个躬。舞台下掌声与笑声，同时响起来，哗啦啦，哗啦啦。

那时，"她"与"他"，每天都要演出两三场，在县剧场。木椅子坐上去咯吱吱，头顶上的灯光昏黄而温暖。绛红的幕布徐徐拉开，正宗的金丝绒呢，高贵华丽。戏就要开场了。小小县城，娱乐活动也就这么一点儿，大家都爱看木偶戏。工厂包场，学校包场，单位包场。乡下人进城来，也都来赶趟热闹。剧场门口卖廉价的橘子水，还有爆米花。有时也有红红绿绿的气球卖。进场的孩子，一人手里拿一只，高兴得不得了。

幕后，是她与他。一个剧团待着，他们配合默契，天衣无缝。她负责红衣,她是"她"的血液。他负责蓝衣,他是"他"的灵魂。全凭着他们一双灵巧的手,牵拉弹转,演绎人间万般情爱,千转万回。一场演出下来,他们的手酸得麻木,心却欢喜得开着花。木盒子里,她先放进红衣,他把蓝衣跟着放进去,让"他们"并排躺着。他在"他们"脸上轻抚一下,再轻抚一下。她在一边看着笑,他抬头,回她一个笑,彼此就很心安了。

都正年轻着。她人长得靓丽,歌唱得好,在剧团被称作金嗓子。他亦才华不俗,胡琴拉得很出色,木偶戏的背景音乐,都是他创作的。偏偏他生来聋哑,丰富的语言,都给了胡琴,给了他的手。他的手,白皙修长,注定是拉琴和演木偶戏的。她的目光,常停留在他那双手上,在心里面暗暗叹,真美啊。

待一起久了,不知不觉情愫暗生。他每天提前上班,给她泡好菊花茶,等着她。小朵的白菊花,浮在水面上,淡雅柔媚,是她喜欢的。她端起喝,水温刚刚好。她常不吃早饭就来上班,他给她准备好包子,有时会换成烧饼。与剧场隔了两条街道,有一家周二烧饼店,做的烧饼很好吃。他早早去排队,买了,里面用一张牛皮纸包了,牛皮纸外面,再包上毛巾。她吃到时,烧饼都是热乎乎的,刚出炉的样子。

她给他做布鞋。从未动过针线的人,硬是在短短的一周内,给他纳出一双千层底的布鞋来。布鞋做成了,她的手指,也变得伤痕累累,——都是针戳的。

这样的爱,却不被俗世所容,流言蜚语能淹死人,都说好好一个女孩子,怎么爱上一个哑巴呢?两人之间的关系肯定不正常。她的家里,反对得尤为激烈。母亲甚至以死来要挟她。最终,她妥协了,被迫匆匆嫁给一个烧锅炉的工人。

日子却不幸福。锅炉工人高马大,脾气暴躁。贪酒杯,酒一喝多了就打她。她不反抗,默默忍受着。上班前,她对着一面铜镜理一理散了的发,把脸上青肿的地方,拿胶布贴了。出门有人问及,她淡淡一笑,说:

"不小心磕破皮了。"贴的次数多了，大家都隐约知道内情，再看她，眼神里充满同情。她笑笑，装作不知。台上红衣对着蓝衣唱："相公啊，我等你，山无陵，江水为竭。冬雷震震，夏雨雪，天地合，乃敢与君绝。"她的眼眶里，慢慢溢满泪，牵拉的手，上上下下，左左右右。心在那一条条细线上，滑翔跌宕，是无数的疼。

他见不得她脸上贴着胶布。每看到，浑身的肌肉会痉挛。他烦躁不安地在后台转啊转，指指自己的脸，再指指她的脸，意思是问，疼吗？她笑着摇摇头。等到舞台布置好了，回头却不见了他的人影。去寻，却发现他在剧场后的小院子里，正对着院中的一棵树擂拳头，边擂边哭。她站在两米外，心里的琴弦，被弹拨得咚咚咚。耳畔响起红衣的那句台词："冬雷震震，夏雨雪，天地合，乃敢与君绝。"

白日光照得着两个人。风不吹，云不走，天地绵亘。

不是没有女孩喜欢他。圆脸，一笑，嘴两边现出两个浅浅的酒窝。那女孩常来看戏，看完不走，跑后台来看他们收拾道具。她很中意那个女孩，认为很配他。有意撮合，女孩早就愿意，说喜欢听他拉胡琴。他却不愿意。她急："这么好的女孩你不要，你要什么样的？"他看着她，定定地。她脸红了，低头，佯装没懂，嘴里说："我再不管你的事了。"

以为白日光永远照着，只要幕布拉开，红衣与蓝衣，就永远在台上，演绎着他们的爱情。然而某天，剧场却冷清了，无人再来看木偶戏。出门，城中高楼，一日多于一日。灯红酒绿的繁华，早已把曾经的"才子"与"佳人"淹没了。剧场经营不下去了，先是把朝街的门面租出去，卖杂货卖时装。他们进剧场，要从后门走。偶尔有一两所小学校，来包木偶戏给孩子们看。孩子们看得索然无趣，他们更愿意看动画片。

剧场就这样，冷清了。后来，剧场转承给他人。剧团也维持不下去了，解散了。解散那天，他执意要演最后一场木偶戏。那是唯一一场没有观众的演出，他与她，却演得非常投入，牵拉弹转，分毫不差。台上红衣唱："冬雷震震，夏雨雪，天地合，乃敢与君绝。"她和他的泪，终于滚滚而下。此一别，便是天涯。

她回了家。彼时，她的男人也失了业，整日窝在十来平方米的老式平房里，喝酒浇愁。不得已，她走上街头，在街上摆起小摊，做蒸饺卖。曾经的金嗓子，再也不唱歌了，只高声叫卖："蒸饺蒸饺，五毛钱一只！"

他背着他的胡琴，带着红衣蓝衣，做了流浪艺人。偶尔回来，在街上遇见，他们怅怅对望，中间隔着一条岁月的河。咫尺天涯。

改天，他把挣来的钱，全部交给熟人，托他们每天去买她的蒸饺。他舍不得她整天站在街头，风吹日晒的。就有一些日子，她的生意，特别的顺，总能早早收摊回家。——他能帮她的，也只有这么多。

入冬了。这一年的冬天，雪一场接一场地下，冷。她抗不住冷，晚上，在室内生了炭炉子取暖。男人照例地喝闷酒，喝完躺倒就睡。她拥在被窝里织毛线，是外贸加工的，冬天，她靠这个来养家糊口。不一会儿，她也昏昏沉沉睡去了。

早起的邻居来敲门，她在床上昏迷已多时。送医院，男人没抢救得过来，当场死亡。她比男人好一些，心跳一直在。经过两天两夜的抢救，她活过来了。人却痴呆了，形同植物人。

起初，还有些亲朋来看看她，在她床前，叫着她的名字。她呆呆地看着某处，脸上无有表情，不悲不喜。她不认识任何人了。大家看着她，唏嘘一回，各自散去，照旧过各自的日子。

没有人肯接纳她，都当她是累赘。她只好回到八十多岁的老母亲那里。老母亲哪里能照顾得了她？整日里，对着她垂泪。

他突然来了，风尘仆仆。五十多岁的人了，脸上身上，早已爬满岁月的沧桑。他对她的老母亲"说"："把她交给我吧，我会照顾好她的。"

她的哥哥得知，求之不得，让他快快把她带走。他走上前，帮她梳理好蓬乱的头发，抚平她衣裳上的褶子，温柔地对她"说"："我们回家吧。"三十年的等待，他终于可以在光天化日之下，牵起她的手。

　　他再没离开过她。他给她拉胡琴，都是她曾经喜欢听的曲子。小木桌上，他给她演木偶戏，他的手，已不复当年灵活，但牵拉弹转中，还是当年好时光：悠扬的胡琴声响起，厚重的丝绒幕布缓缓掀开，红衣披着大红斗篷，蓝衣一袭蓝衫，湖畔相遇，花园私会，眉眼盈盈。锦瑟年华，一段情缘，唱尽前世今生。

五点的黄昏，一只叫八公的狗

完全是场意外，在早春，我遇见一个叫帕克的男人，和一只叫八公的狗。

起初，狗还不叫八公。它还在它的童年，在它尚未拥有一个名字的混沌童年。不知它打哪儿来，或许，它的存在，就是为了守候。它出现在火车站，出现在帕克面前，不早不晚，不偏不倚。一段尘缘，由此诞生。

小狗有一双会说话的眼睛。它抬眼望人时，那里面飘着层层雾霭。像一个童稚的孩子，轻轻张开他的眉睫，如水的眼神，懵懂，又是无邪的。

对，无邪！我相信帕克就是因这样的无邪，而心生怜悯，羁住前行的脚步的。其时，他正要乘火车去上班。他是一所大学里的教授，人到中年，生活安定。可是，这只小狗的突然出现，打破了他的安定。

他抱起它，到处询问，谁丢了小狗？询问无果后，他又极力怂恿别人收养它，——他要乘火车去上班，按规定，火车上是不允许带小狗的。再说，一个大男人带着小狗上班，算咋回事呢？

所有人都表示了对小狗的喜欢，但没有人愿意收养它。他与它眼神对视，他是无奈的，它是信任的，灵魂与灵魂，在那一刻达成共识：哦，就这样吧，就让我们在一起吧。——他带上了小狗。

看到这里，我还是漫不经心的。这部由导演莱塞·霍尔斯道姆导演的，名叫《忠犬八公的故事》的片子，是帮我调试电脑的陈随手打开的。片子没卡住，他说，你的电脑没问题了，网速挺快的。我哦了声，我说谢谢。我并没有打算把这部片子看下去，只当让一种声音，陪伴我。我手头在做另外的事，我把多余的报刊书籍整理好了，放到一个纸盒箱里。我的房间，因塞满各类报刊书籍，总是显得很凌乱。在这个万物萌动的早春，我心血来潮了，想收拾一下它，让春天的气息，来充盈它。

桌上两盆水仙，花苞苞满得快撑不住了，就要开花了。我俯身过去，数了数，一盆里，有六个花苞。一盆里，有五个花苞。而这时，帕克和小狗，已坐到火车上，火车一路轰隆隆向前。画面安静，没有什么特别的。

如果说，最初帕克是因怜悯而收留了这只小狗，那么，随着他与小狗的共处，这种怜悯，已上升为怜爱了。善良与弱小相遇，哪里还有别的路可走？只能在一起，也只有在一起。他和它共食一小篮子的爆米花；他趴在地上，用嘴示范着，教它学捡球。他们的亲密无间，终于让一度对收养小狗持反对意见的妻子，也改变了初衷，——她爱他，他的快乐，就是她的快乐。加上女儿的喜欢，这只流浪的小狗，正式成为他们家庭中的一员，取名八公。

日子还是从前的日子，日子又不是从前的日子了。生活中，多了许多的牵挂与惊喜，无论对于帕克来说，还是对于八公来说，相聚的日子，多么幸福。八公在与帕克的嬉戏中，逐渐长大，长成一只威武漂亮的大狗。不过在帕克面前，它还是童年时的那一只，天真无邪。它依赖帕克，简直须臾不能分离。帕克去上班，它非要跟着不可，这一跟，就跟成了小镇上的一道风景。

每天早上，他们一起出发，前去小镇的火车站。一路之上，他们尽情戏耍，风轻云淡。到了车站，帕克推开那扇通往火车的门，回头，跟八公挥挥手。八公默送着帕克的背影在门后消失，这才不情不愿地转身，自个儿回家。傍晚五点,它准时跑来火车站,等在站台上,接帕克下班。火车轰隆隆开过来了,门开,下车的人流里,帕克远远叫,八公!八公的狂喜,在那一刻,达到极点。它跳过去,尽情撒娇。满世界里,都跳动着他们的快乐。

这样的温情,深深打动了我。我坐下来,一心一意看他们的故事,任房间里一片狼藉。几朵水仙,终于挣脱外面裹着的一层胞衣,"啪"地绽开,——花开原是有声音的。就像动物原是有感情的,谁对它好,它就对谁好,单纯,执着。

我在水仙花的花香里,继续看帕克与八公。一天天,他们持续着他们的"约定",在车站分离又聚合。那样的风景,成了小镇车站站长、卖热狗的小贩、附近商店老板娘眼里最为寻常的景象。大家微笑着看,就像看车站旁长着的一棵树,就像看每天准时到达的火车。尘世的好,就是这样的,一点一滴,蔓延开来。

然而,有天早上,帕克去上班,八公却怎么也不肯跟他一道出门。它呜咽着,在地上打着转。帕克怅然若失,一个人走向车站,边走边回头。在他推开通向火车的门,就要登上火车时,八公突然出现了。它嘴里叼着一个球,跑向帕克,那是帕克一直想教会它的技艺,之前,它一直没学会。这太让帕克惊喜与骄傲了。他推迟了登车,与它在车站上,玩起捡球的游戏,帕克把球扔出去,八公立即跑去把球给"捡"回来。帕克开心地对每一个路过的人说,瞧,它会捡球了!

我信,狗是有先知先觉的。小时,我邻居家有狗,一天夜里,那狗突然哭叫不已。天明,那家的主人死了,脑溢血。这里的八公,应是早就预料到了的,这一次,将是它和帕克最后的欢聚。它调动了作为一只狗的全部智慧,想挽留住帕克,但终究,帕克是要走的,火车就要开了,他要去上班。

这一走,帕克再也没有归来,他倒在大学里的演讲台上,突发性的心肌梗死。

他曾经待过的地方，一下子变得空空荡荡。他的妻子，因怕睹物思人，悲伤地离开了他们曾经的家。他的女儿，彼时已出嫁。她开车回来，带八公走。车子经过了那么多的路，拐过了那么多的弯，她是要让八公，把曾经的记忆，丢在身后的。

新家也温馨，八公受到最好的照顾。然八公却待不住，它的脑海里，全是火车的轰鸣声。它离开了帕克女儿的家，顺着记忆，走回它的车站，走回它与帕克"相约"的地方。在五点的黄昏，在火车就要到站的时候。

门开，门关，那里都不再有帕克。它听不到帕克熟悉的呼唤，它的眼睛里，蓄着深深的悲伤。它等在那里，等在他们相聚的老地方，它是相信他会回来的。车站的人渐渐习惯了它的等待，他们给它送吃的。偶尔也停在它身边，一起忆一忆那个叫帕克的大学教授，他的儒雅，他的谦谦风度。他们对它说，教授永远也不会回来啦。它抬眼看看，仿佛听懂了，却依然固执地趴着，守在那里。

我的泪，终于抑制不住，汹涌而出。随着年岁渐长，我们早已忘掉流泪的滋味，以为这个俗世里，再也没有让自己疼痛的人和事了。我们把这样的人生，叫作淡定和从容。而事实上，内心的柔软一直在的，它被一只叫八公的狗唤醒。

树绿了黄，黄了绿……雪落在八公身上，雨打在八公身上，一天天，一年年。它坚守在那里，等着帕克归来，在黄昏的车站。九年的时间，无有更改，直到它老死在那里。

整部片子，没有过多的曲折，不过是些小场景小事件，人在慢慢老，狗在慢慢老，情却没有老，且永远也不会老。它就是我们的生活，是被我们忽略掉的一些感动。它让我们对眼下平淡而寻常的日子，重又充满温情的期待，并且学会在生命与生命之间，传递爱和忠诚。

感谢八公！

手腕上的疤

年轻时，总会做些傻事，认着死理，爱着不值得爱的人，却一往无前，直到撞到南墙，撞得头破血流。时间一天一天地，冲淡掉那摊殷红，但伤痕却留下了，做了年轻的见证。譬如，她腕上的那块疤。

其实，早已记不清那人的模样了，交往的点滴，也已成模糊。可是，每次触及腕上的疤痕，如一条蜈蚣一样卧着，她的心，总要疼疼地跳一下。自卑着，压抑着。

不咸不淡地又恋爱几回。男人们的目光，在她的腕上停留。如锐器，带着尖尖的锋利的角，直直刺到她的心里去。青天白日，藏无可藏。最后的最后，她只能落荒而逃。

遇见他时，她已年过三十。然不俗的外表，优越的工作，让她还是有望得见的靓丽。介绍人试探地对她说，他长相一般，有点龅牙。老家在山沟沟里，有点穷。工作也不是太稳定，是跑销售的。她没有犹豫地点头，见见面再说吧。

第一次见，他有些拘束，话不多。倒是她，见惯了这种场面，谈笑自如。一起喝茶时，她故意在他面前，晃着那只受过伤的手腕。他的眼光，只轻浅地掠过，却忙忙地接过她手上的茶壶，笑着说，我来吧。他离了座，在她身边弯下腰去，给她的茶碗续上茶。

这细小的动作，让她的心软软地动了动，她和他便相处了下来。随后的日子，他的体贴温存，渐渐密布了她的天空。

可是，心里是有个结的，让她不得真正开心颜。他怎么可以忽略她腕上的那块疤呢？她到底忍不住了，她说，我给你讲个故事吧。他说，好啊。她于是说起年轻时的事，一个女孩，爱上一个男人，死心塌地地爱。后来，男人不要她了，她割了腕。

你看，就是割在这里，她举起有伤疤的那只手腕，指着那块伤疤说，静观着他的表情。她以为他会惊讶，或者愤怒。可是，他只是笑笑，轻描淡写地说，就这事啊？我也做过傻事的。他掀开他的衣服，她看到他的胸口，疤痕累累。他说，这是我被一个女人甩了后，用烟头烫的。

她讶异得不得了，心中的冰块，刹那间消融。她把头轻轻埋到他的胸口，听着他胸膛里的那颗心，有力地咚咚跳动着，她幸福地笑了。她想，这个男人，也是受过伤的，她一定要好好疼他。

从此，一路花开，一路欢愉。她不再留意她腕上的疤，是在心里彻底把它丢掉了。偶尔瞥见手腕处，也只是淡淡一笑。天蓝云白啊，日子里有太多的欢乐要去感受。

是在那一天，无意中，他母亲跟她聊起他小时候的事，说他小时候调皮得很，爬上桌子碰翻热水瓶，一瓶热水当胸浇过。

她呆住了。这时候，他们的儿子都过周了，在地板上摇摇摆摆学走路。窗台上一盆仙客来，花开饱满，岁月静好。

真爱一个人都会这样吧，有时，不惜用我的谎言，成就你的完美。

一辈子，一句话

不止一次听她诅咒她的丈夫，那个给她一生带来无限屈辱的男人。她瘦小的身子，倚了门框，眼望着远方。一排房屋后，是辽阔浩渺的天。她嘴里不停地骂着："那个老不死的。"恨是绕在嘴边的，眼睛里，却写满疼痛和茫然。

在她的骂声里，她的男人，早已骑了摩托，一溜烟地离开了。儿子牵不住，孙子牵不住，家牵不住。她知道，他又去会他的相好了。那个他爱的女人，这么多年来，一直如鱼骨，横亘在她的喉咙里，每吞咽一下，心就跟着痉挛一回。可她又能如何？她牵不住他的人，牵不住他的心，除了诅咒两句外，只能守了门望，从黑发，到白头。一路的年华，如开败的花，簌簌落下。

他不是她的第一个男人，她的第一个男人，是他哥哥。那年，她才生下大女儿，他哥哥突然暴病身亡，她抱着嗷嗷待哺的女儿，哭得死去活来。那时，她不过二十二三岁，是一朵开得正好的花，饱满盈润。

没多久，给她说媒的陆陆续续上了门。公公婆婆怕她改嫁后，会带走他们家的血脉，竭力撮合她，和他——比她小八岁的小叔子，成亲。她正凄惶失措，不知前路如何去走，想着日后若有公公婆婆扶持，总强过另嫁他人，遂答应了。他却抵死不肯，因为之前他早已有了喜欢的人，两情相悦着。他一连跑出去好多天,再归家,被父母强行关在房内,跟她拜了天地。

婚后,她恪守着一个做妻子的本分,为他洗衣做饭,生儿育女,侍奉公婆。他却很少正眼看她,在家时,大抵是沉默着的,如一截失了生机的树桩。更多的时候,他不归家,他把他的热情和爱,给了他爱的女人了。

也有过抗争,她跑去找那个女人。女人不屑地睥睨着她,说:"我从来没有纠缠过他,有本事你让他跟你回去呀。"她气结,却无奈何。他知道后,给了她两条路选择,要么离婚,要么保持现状。她是个传统的女人,看着一双稚嫩的儿女,看着年迈的公公婆婆,到底狠不下来心,隐忍着把日子过了下来。

这一过,就过了大半辈子。儿女都大了,各自组成了自己的小家庭。他还是极少归家,偶尔回家,也只是蜻蜓点水。她慢慢死了心,对他的恨,越来越彻底,只要有人一提及他,她就满腔怨恨地骂道:"那个老不死的。"

一天,他突然归家,气色很不好。儿子陪他去医院检查,竟是肝癌,晚期。她听到这消息,怔住了,好半天才梦魇般地喃喃:"怎么会呢?怎么会呢?"

他在家里安顿下来,哪儿也不去了。她为他铺床,用的是他们结婚时的毛毯,那毛毯只结婚时用过,后来就一直被她锁在箱底。几十年了,毛毯还簇新如旧,上面绣着的一对鸳鸯,还在快乐地戏着水。她的手轻轻抚过那对鸳鸯,泪水止也止不住,潸然而下。恨了一辈子,怨了一辈子,原来,心里是存着念想的,想着他回家,和她在一起。

他们终于厮守到一起。大多数时候,他躺在一张藤椅上养神,身上盖着那条毛毯,看着她在厨房里进进出出,眼神渐渐变得迷离。屋外的阳光,悄悄地落。窗台上,有她养的一盆金橘,上面已挂了不少的果。他的脸上，现出笑来。

　　精气神好的时候，他会跟着她，一步也不离，帮她接接拿拿。两个人，很有点老夫老妻的样子了。她从未如此满足过，把多年前鲜亮的衣服，一件一件翻出来，穿给他看。她变着法儿给他做好吃的，又不知从哪里寻来些偏方，哄着他吃下去。且瞒着他去庙里许愿，只愿他能陪她久一些，再久一些。

　　然终究无回天之力。弥留之际，他的眼光，久久停在她脸上，手努力伸向她。她赶紧伸过手去，他紧紧握住，仿佛拼尽全身力气，来握一生的愧疚。他盯着她的眼睛，一字一顿说："对不起了。"

　　她愣住，呆呆看着他，没听明白似的。他又重复一遍："对不起了。"她突然号啕大哭，泪如雨下，心里面多年垒起的壁垒，轰然倒塌。她守了一辈子，就为等他这句话。

风过林梢

赫奶奶走了。

这消息让我发了好一阵子的呆。我离开赫奶奶所在的那个小镇,十多年了吧。十多年的时光,足以让一个人老去。

我认识赫奶奶的时候,她不过五六十岁。又黑又细的眉毛,弯弯的,像用墨线弹过。配了一对黑珍珠似的眼,望向人的时候,水波潋滟着,孩子般的清澈。她个头中等,身材是恰到好处的丰满。走起路来,像踩着一段舒缓有致的曲子,不疾不徐,有着极美的韵致。想她年轻的时候,一定是个美人。

果真是。

年轻时,她是地方文工团里最红的角儿,舞台上的光芒,盖过天上最亮的星。十八九岁,她甩着粉红的绸帕子唱:

风过林梢呀风过林梢,在哪棵树的心底里,留下痕印?我倚门张望呀张望着,郎的身影,何时再经过我门前?

——嗓音清脆甜润,风吹小铃铛般的。露天舞台,一盏汽油灯悬着,照着她唇红齿白一张粉嫩的脸,她像开得满满的一枝芍药花。台下人山人海，脚踩着脚，有时还争吵着要动手，都为挤到台前去看她。

赫奶奶兴致好的时候，会跟人说一点儿当年事，断断续续的。她嘴角含笑，慢条斯理轻声讲着，讲着讲着，突然顿住，说，不提了，不提了，这些陈年烂谷子，提起要让人笑话的。彼时，赫奶奶在一家单位食堂烧饭。我刚出大学校门不久，分配到那个小镇工作，孤身一人，一日三餐，都在那家单位代伙。见面的次数多了，也就熟稔了。她总是很尊敬地称我丁老师。我脸嫩着，实在不好意思让一个年长者这么叫我，就悄悄跟她商量，赫奶奶，还是叫我名字吧，可好？她却看着我，极认真地说，那哪能呢，不能坏了规矩，你是老师，就是老师。

也认识了她的老伴。大家有时叫他赫爹，多数时候却直呼他，赫老头。

第一次见到赫爹，我很替赫奶奶惋惜，她怎么嫁了这么一个男人！

赫爹长得丑，真丑。瘦弱，矮小，局促狭窄的脸上，布满麻子。偏偏眼睛又小，让你实在分不清，他看你的时候，是睁着眼睛呢，还是闭着眼睛呢。

赫奶奶洞悉我的心思，她瞟一眼在忙碌的赫爹，很平静地解释道，别看我家老头子长得丑，人可好着呢，是这个世上少有的好人。

每天清晨，赫爹必早早来到单位，替赫奶奶生好烧饭的炉子，烧好单位一天要用的开水，熬好粥。并把单位门前的场地，打扫得干干净净。人若问，赫老头，你家赫奶奶呢？他必宠溺地笑，说，她要睡觉的，我让她多睡一会儿。

赫爹的"早市"忙活妥当了，赫奶奶才梳洗一新地姗姗而来。碗筷摆上桌，食堂里，也就陆陆续续坐着吃早饭的人了。赫奶奶也坐在其中，细嚼慢咽地吃早饭。赫爹却仍在忙着，一边为中午的饭菜做准备，一边等着我们吃好了，他好刷锅洗碗。大家若叫，赫老头，你也过来一起吃早饭啊。他会受宠若惊地笑，连连摆手，不了，不了，你们吃吧，我一会儿回家去吃。

回家吃什么呢？是茶泡饭就咸菜。他一天三顿，从不讲究。但对赫奶奶，却像供着一尊佛似的，零食给预备着，饼干、糖果、瓜子和应季的水果，从不间断。单位给赫奶奶配了一间休息室，我有时过去玩，赫奶奶会搬出一桌的零食来，招待我。全是我家老头子买的，她说。

他们的家住在小镇附近，有农田好几亩，都是赫爹种着。赫爹专辟了地，种赫奶奶喜欢吃的瓜果菜蔬。遇到时新的菜蔬，也给单位食堂免费送一些，蚕豆上市了送蚕豆，番茄上市了送番茄。大家吃着鲜活的菜蔬，不免对赫爹说些感谢的话。赫爹就变得异常慌乱，连连摆手，不谢，不谢，自己种的，不值钱的。赫奶奶不无得意地对人说，我家老头子种田可是一把好手，长的蔬菜啊庄稼啊，都比邻居家的要好。

姚爹突然出现了。姚爹长相斯文，衣着整洁，皮肤白皙，身板儿笔直笔直的。乍一见，像浸润在中草药中多年的老中医，仙风道骨的。

起初我以为他是赫奶奶的亲戚，想赫奶奶那样标致的人，有这样的亲戚，也是不足为怪的。但后来，三天两头会见着他。他来，大家都很客气地叫他姚爹，很熟悉的样子。他蹲在屋檐下，一边帮赫奶奶择菜，一边跟赫奶奶说着话，轻声慢语的。若是碰上赫爹来，彼此都会很热络地打招呼，一团和气。

也就听人隐约提起，说他是赫奶奶年轻时的相好。

曾同在一个文工团待着，赫奶奶是台柱子，他是管乐器的，拉得一手好二胡。还兼着写剧本、作曲和排戏，是有名的才子。他写一折《风过林梢》的戏，是歌唱婚姻自由的。那时刚解放，宣扬男女平等，恋爱自己做主。这出戏，很合时宜。赫奶奶是主演，很快引起轰动，一天一场地演，有时还要加演。

两个年轻人日日见着，生了情合了意。也未曾有过承诺，未曾有过誓言，但就是很愿意在一起。有时，他们头挨头地，研究台词唱腔。有时,也没什么事,只偶尔说上一两句无关紧要的话,彼此看着,笑笑,也是好的。看见他们的人,都觉得他们很般配,私下里想着,这两个人要是能够结婚,真像云朵配上云朵,花儿配上花儿呢!

赫奶奶的父母,却突然来到文工团,强行把赫奶奶带回家。他们早已把她暗许了姓赫一户人家,是早年受过赫家恩惠的。一贫如洗的岁月里,他们夫妇领着幼儿逃荒,差点饿死在荒郊野外,是赫家的一升荞麦,救了他们全家性命。赫家当时有子女六个,最小的赫爹,三四岁了,丑丑的一个小孩,拖着两行鼻涕望着他们。赫奶奶的母亲刚好有孕在身,就指着腹中胎儿,对赫家说,他日,若生了姑娘,就给你们家这个老幺做媳妇儿。

赫奶奶从小也是耳闻过的,只不当真。但她的父母却认了真,耳里听到一些风言风语,着了急,就商量着让赫家来带人。赫奶奶哭过,闹过,绝食过,但她母亲的性子比她更强,一把菜刀架在自己的脖子上,对赫奶奶说,姑娘,你这条命,也是赫家给的,你要是让我们做背信弃义的事,我就立刻死在你跟前。

赫奶奶哭哭啼啼地嫁了。赫爹像捡到珍宝似的,小心轻放着。日子久了,赫奶奶委屈的心,渐渐平复。

姚爹在赫奶奶嫁人后,颓废了好长一段时间,他二胡不拉了,剧本不写了,曲子不编了。一年后,他也离开了文工团,到一所偏远的乡村小学,做了名音乐老师。

他与赫奶奶再次相逢,是他被批斗得最为惨烈的时候。因有个舅舅在海外,他成了走资派。又因他是个搞音乐的,说他宣扬靡靡之音,罪名更大。他天天挨批,头发被剃光了,肋骨被打断了,躺在黑屋子里,一心求死。赫奶奶来了,带着她做的糯米点心,那是他爱吃的。见了她,他仿佛在寒冬里,望见了春天的一抹柳枝绿。

他没有再寻死,咬着牙撑一撑,那段岁月,也就过去了。春和景明时,他搬到了赫奶奶所在的这个镇子,与赫奶奶一家,往来频繁。赫奶奶的孩子,都尊称他,姚叔。

却一直未曾婚娶。赫奶奶热心地帮他穿针引线过,他也对一个离异的女同事有过好感,两人相处过一段日子,后来却不了了之。从此,他再不提婚姻之事。他种花养草,写写曲子,拉拉二胡。闲时就跑过来看看赫奶奶,青天白日,光明磊落。小镇人起初对他们还有闲言,但他们的坦然,倒容不得别人再说什么了。大家暗地里都说赫奶奶有福气,两个男人都对她这么死心塌地。

我离开小镇的那年冬天,赫爹突发脑溢血而亡。大家都心照不宣地想,姚爹终于守得云开月明时,这下子,赫奶奶肯定要和他在一起了。赫奶奶的儿孙们,也都有这个意思,极力撮合他们。

赫奶奶却摇头,坚决地说不,她说她不能对不起老头子,他做了一辈子老实人,对她好了一辈子。

赫爹走后,赫奶奶辞去了食堂烧饭的差事,一下子老了许多,老是丢东忘西,记不住事情。姚爹天天去陪她,买了零食带过去,饼干、糖果、瓜子和应季的水果。赫奶奶吃着零食,吃着吃着,会错把姚爹喊成赫爹。

赫奶奶的葬礼上,姚爹拉了当年的曲子《风过林梢》。这是赫奶奶临终时要求的。姚爹拉着拉着,一滴泪,很亮的,滑落在二胡的弦上。

等你 80 年

很短的一则新闻,缩在报纸的一隅,若不留意,便错过了。

新闻说的是沙特阿拉伯一个叫穆罕默德·艾德的 97 岁老人,历经 80 年的风风雨雨,和 80 年前相恋的姑娘,终于喜结连理。

80 年前,艾德年少,姑娘青春。一朝相遇,情窦初开,满世界的阳光灿若春花。

他们无可救药地爱上了。避开众人,偷偷约会在枣椰树下。偷偷远足去沙漠深处。明月照她回,她频频回首道,一定要等着我啊。誓言是那样的美好,他将为夫,她将做妻,将来的将来,他们还要生一群可爱的孩子。

然世事难料,等他们长到谈婚论嫁的年纪,现实却给他们当头一棒,按当地风俗,姑娘必须嫁给部族内的表兄弟或堂兄弟。天昏沉沉黑下去,明媚不再。一对恋人,最终被迫分开,劳燕分飞。

后来,姑娘另嫁了,艾德另娶了,两个相爱的人,从此远成天涯。

一年一年过去了,沙漠的风,吹老了太阳,吹老了月亮,吹老了绿洲上的枣椰树。艾德和姑娘,也在各自的人生里,把日子慢慢守成暮色。艾德先后结过两次婚,儿女满堂。姑娘先后结过六次婚,不曾生育。

人生至老,剩下的唯一财富,是回忆。对于年老的艾德来说,回忆成了他不可或缺的温暖。这一年，艾德97岁了，第二任妻子亦已老去。暮色苍苍里，艾德独坐着，一遍一遍抚摸记忆。风吹起他身上袍子的一角，旧事前尘，涌上心头。尘封80年的恋情，就在这时，突然破尘而出，鲜亮如初。他心跳如鼓，阅尽人世沧桑，到头来，不能忘怀的却是，那年那月的那个人。那时候，年轻的枣椰树们，一排排站立在绿洲上，枝叶婆娑。天空明净得像一件簇新的白袍子。

他再也坐不住了，走出家门，去寻找80年前心爱的姑娘。不知他经历了怎样的千辛万苦，姑娘最终竟被他找着了。当然，眼前的姑娘，亦已是步履蹒跚的老妪。那有什么要紧？在他眼里，她还是青春的那一个。他迫不及待向心爱的"姑娘"求婚了，这时，也已单身的"姑娘"，毫不犹豫答应了他的请求。80年的等待，终于修成正果，他成了她的夫，她做了他的妻。

如果爱过，你会记住我80年吗？纵使记住，在80年后，你还会回头来找我吗？

——这简直有点痴心妄想了。所以，我很羡慕这对不老的恋人，错过一次，并非错过一生。只要心中有爱，哪怕再等80年，她依然是他，梦寐以求的爱人。

布达拉宫里的爱情绝唱

1697年的秋天,对于14岁的门巴族少年仓央嘉措来说,真是一个肃杀的秋天。这个秋天,他将远离他的门隅,远离他青梅竹马的仁增旺姆,到千山万水外的布达拉宫去。自从3岁那年,他被定为五世达赖喇嘛的转世灵童,冥冥中,他的命运,已不掌控在他的手里了。他要去走佛的路,成为西藏精神领袖六世达赖喇嘛。

秋叶簌簌落,像他纷乱的心。前路看不见,而身边真实的那个人,他就要与她永别了。他在树梢上,为她挂上祈求平安与福祉的经幡,他把他的魂,系在上面了。一步一回头,别了,我亲爱的山。别了,我亲爱的水。别了,我亲爱的人。美丽的姑娘仁增旺姆,眼睁睁看着她的少年一步一步走远,她多想拽住他的衣襟不放手,今生也不放手。她不要他变成佛,她不要,她要她的仓央嘉措!泪水长流中,她铭记了他临行前的一句承诺:"等着我,我们会相见的。"

一年,又一年。星空下,布达拉宫红宫的屋顶平台上,已是罗桑仁钦的仓央嘉措,眼光越过一座座灵塔金顶,眺望着他遥远的门隅,心中千呼万唤的,是他心爱的姑娘:"山上的草坝黄了,山下的树叶落了。杜鹃若是燕子,飞向门隅多好!"他望瘦了风,望瘦了月,望瘦了人。而隔着千重山万重水的门隅,仁增旺姆亦是日夜思念着他,她天天跑去那挂着经幡的树下，眺望着天边的布达拉宫，高山望断。求婚的接踵而至，父母威逼，舆论谴责，她统统不顾的，她要等着她的仓央嘉措，他们一定会相见的。

终于等来了仓央嘉措的召唤，那是三年后的一天，无法抑制思念之情的仓央嘉措，偷偷派亲信来到门隅，暗中约见了仁增旺姆，捎来他的口信。仁增旺姆一刻也不曾停留，行囊未来得及收拾就上路了。风餐露宿，跋山涉水，飞到她的爱人身边。

他们在布达拉宫重逢了！他是高高在上的活佛，她是万千膜拜信徒中的一个。穿过那些膜拜的头顶，他们纠缠的眼神，再也无法分离。

仁增旺姆在布达拉宫旁的玛吉阿米酒店住下来。爱情让两个人成了世上最幸福的人，他们热切盼望着夜晚来临，那是他们的天堂。从此，仓央嘉措有了双重身份，白天，他是住在布达拉宫里的活佛六世达赖喇嘛，坐在无畏狮子大法宝座上，威仪天下。夜晚，他还原成俗人，甘愿被爱情灌醉。这期间，他为他的仁增旺姆，写出大量的爱情诗："曾虑多情损梵行，入山又恐别倾城。世间安得双全法，不负如来不负卿。"是的，最好的爱情，定是不负。

然他们都清楚着，这样的爱，注定没有指望。自从三岁那年，他被确定为五世达赖喇嘛的转世灵童后，他就失却了作为人的最基本的权利——追求自由和爱情。他们的相爱，无异于赤裸着双脚，在荆棘上跳舞。

风雨也终于来了。当时西藏的形势相当错综复杂，宗教的，政治的，军事的，经济的，各方面权力纷争，反对派虎视眈眈盯着他身下的无畏狮子大法宝座。掌控了他，就等于掌控了整个西藏。他过度的"放浪形骸"，无疑是授人以柄，铺天盖地流言，汹涌而来。这对苦命的恋人，已感到乌云压顶的沉重，已嗅到不远处的血腥味。她躺在他的怀里，他搂紧她的人，不知什么时候一松手，就再见不着了。他问她："愿否永做伴侣？"

她毫不犹豫地答:"除非死别,决不生离!"

好了,还有什么比恋人的这句承诺,更能穿心入肺的呢?佛亦不能够。他脱下身上的僧衣,毫不可惜地扔到辅他走上佛路的第巴桑结嘉措的脚下。他决心放弃他的达赖喇嘛的权位,放弃布达拉宫的辉煌,他不要做佛,他要做人,他要和他的仁增旺姆,一起回他们的门隅,结婚,生子,过寻常的日子。

他天真了!这个时候,做不做活佛,已由不得他了。一天,他再去约会,玛吉阿米酒店里,再看不见他的仁增旺姆了。他疯了似的,对着远处的群山叫喊,他豆花似的爱人,却再没有回来。

他的心,滴着血。身边的权力之争,这时,却越演越烈。一直护着他的第巴桑结嘉措,在一次纷争中被杀。1706年,在权力之争中获胜的拉藏汗,把仓央嘉措从无畏狮子大法宝座上拉下来。康熙帝一纸诏书:执献京师。他踏上了被押解去北京的路。

1707年的冬天,仓央嘉措在青海湖畔神秘失踪。这一年,他年仅24岁。

300多年过去了,布达拉宫门前的转经筒,转过一世再一世。多少人事,都被历史的风尘,淹没得严严实实,再无痕迹可寻。然而,仓央嘉措和他的爱情,却如漫山遍野的格桑花,世世代代,盛开在青藏高原上,盛开在人们的心里面。

第八辑

猫叹气

我想起遥远的一些称呼：草匠，鞋匠，锁匠，铜匠，铁匠，篾匠……那些散落民间的，曾与人们的日子息息相关的手工艺，如今，已难寻踪迹。

桃　红

颜色家族里，桃红算得上出挑的。《红楼梦》里有松花配桃红，是宝玉赞赏的娇艳。刘姥姥初见凤姐，凤姐身上穿的就是一件桃红撒花袄。这里的桃红，有贵族气。

都说桃红是桃花的颜色。有一首歌叫《小桃红》，里面有"醉倚桃红"之句，说的是倚着一树开好的桃花。而我却以为，桃红的颜色，是熟透了的桃的颜色，红彤彤，水盈盈，有点酸，有点甜，有点艳，有点暖，是好女子历练成精了。

是的，桃是水果中成了仙的。小时家里墙上，贴一幅五女献寿图，五个如花女子，一律穿了桃红的衫，双手捧着雕花托盘，托盘上，放着红得艳粉粉的桃。祖母说，那是仙桃啊。孙悟空偷吃了王母娘娘的仙桃，为他日后被压山下五百年埋下祸根——桃原是这样的诱惑人。

桃是我记忆里，最初触摸到的甜蜜。那时乡下，长桃的人家不多，也就那么三五户，屋后长一棵桃树。这样的人家，成了孩子们眼中的圣地。说它是圣地，一点也不夸张，我们总是怀着无限崇拜向往的心，远远望着那棵桃树，从开花，到结果。连带那户人家的房子，那户人家的人，那户人家的小狗小猫，在我们眼里，都成了不一般。

少时的梦想，没出息得很，希望长大了能嫁到这户长桃的人家去，可以天天吃桃。那时，简单的欲求，简单的心，有阳光三两点，日日吃桃就是好日子了。我们为向往中的好日子，而认真地许诺，认真地快乐。

到达爱美的年纪，突然喜欢上桃红的衣物。女同学里，有家境好的，很奢侈地围一款桃红的围巾。校园内有小河，小河上搭一石头小桥，她从小桥那头过来，头上垂下绿的柳枝无数条，脖上的桃红围巾，被风吹得飘起来。柳绿和桃红，还有水葱样的小人儿，怎样一个惊心动魄！那样的画面，长长久久留存在我的记忆里，不能忘。现在想想，我青春里，最仰慕的颜色，当数桃红了。

也常见用桃红来做女子的名的，电视电影里那就不消说了。现实里，也有不少。叫这名的女子，多半出身卑微，然又是极聪明伶俐的，她靠她的聪明出人头地，就像一树桃花，风雨历练，终成桃。

我也认识这么一位叫桃红的女子，从小家境苦寒，父聋母哑。她却凭自己的聪明与闯劲，从捡拾垃圾起，一步一步，走上创业的路。现而今，在一个城里，她已拥有十几家连锁超市店。人生若得了桃红做底子，另有一种明媚在里头。

现在风靡全世界的酒里，也有一款叫桃红的，以普罗旺斯的桃红酒最为出名。不用喝，单单想想这名，就很醉人了。透明的杯子里，晃动着一波桃红，日子里的暖与好，一点一点由口入心。面对这样的酒，只有敬重，不敢轻慢。

女人的宝贝

喜欢三毛的可爱。

看过她的《我的宝贝》，这个"贪心"的女人，什么"破烂儿"都要收藏的。她有一大堆奇奇怪怪的东西，如骆驼骨、婆婆家的盘子，还有红得像心一样的石头……一定有这样的时光，她把她所有的宝贝都搬出来，铺满她四周，然后赤足盘腿地坐在中央。天，那是怎样的美好，又是怎样的富有？窗外有花寂寂地落，那又有什么关系？她有她的宝贝。

我祖母有一个宝贝——一枚银簪。银簪是祖母的陪嫁物，祖母头发还很长很密的时候，银簪是插在她的头上的。最记清晨，薄雾缥缈，祖母对着一面铜镜拢发，一丝不苟地在脑后绾一个髻，把银簪插在里面。那银簪下面挂着一小银坠，随着祖母的身影晃动而晃动，极具动感。我和姐姐觉得那真是好看，想问祖母讨了来，插到我们头上。祖母笑，傻丫头，这个哪能给你们呢？遂从枕边摸出两颗冰糖来，打发了我们。

祖母的发，后来渐渐稀落了，银簪再也插不上去了。祖母把它装进一方红木小盒子里，盒子搁进箱底。有时候会捧出来，对着它发一会儿愣，一脸迷醉。我有理由相信，一个女人，一生最美的年华，都躺在里面了。

我现在也拥有了自己的宝贝，如发卡、胸针、玉石等。最喜欢的是一枚玛瑙戒指。拥有它的那年，我22岁，他26岁，两个贫穷的人儿，却滋长着丰满的爱情。我们没有钱去逛大商场，就手拉手地去逛地摊。在那里，我们发现了好多的玛瑙戒指，它们安静地蹲在一方红丝绒铺着的木盒子里，通身有着柔和的光芒，如含羞的邻家小姑娘，妩媚着。我指着其中一枚，对他说，我要。他笑笑给我买下，花去五块钱。

这枚戒指一直被我珍藏着。婚后，我们经济条件逐渐好起来，他给我买好看的钻戒，但我还是最喜欢这枚玛瑙戒指。常常把它拿出来，套手指上，在阳光下把玩，心里面充满甜蜜。这个时候，我看到春光正明媚，而我们，正年轻。

女人的宝贝里，原是藏了美好藏了爱的。有了它，女人再平凡的人生，也会变得丰富而厚重。

猫叹气

猫叹气是一种物件。具体地讲,是一种竹篮子,大肚子,长颈,带盖儿。过去贫穷年代,人们好不容易省下点咸肉咸鱼啥的,就装在这样的篮子里。猫儿闻见腥,围着篮子转圈儿,却因篮子颈长,又盖了盖儿,猫儿急得抓耳挠腮也吃不着里面的东西,只得对着篮子叹气。

知道这种物件,缘于我的一个读者。读者在盱眙,离我的小城有几百里。某天,她去菜场买菜,看到一个老人,坐在一堆竹篮子中间编篮子,猫叹气赫然立在一边,稚朴,充满古趣。因我在文字里常写些旧人旧事,她一下子想到我。她想,我一定喜欢这样的猫叹气。

何止是喜欢?我简直激动了。她描绘的场景首先打动了我。想想吧,菜场边人来人往,一个老人,气定神闲地坐在一堆篮子中间,他手里的竹篾子上下翻舞,这动作,如今还有几人会?快成绝版了。

我也心心念念于那种篮子,居然叫猫叹气,生生勾了人的魂。可爱的读者善解人意地说,你若喜欢,我买了寄你,不贵,才十八元。——等不及的,我立即上街,在小城的大街小巷寻开了。

转一大圈,在一条不怎么热闹的街边,杂七杂八的地摊中间,我终于看到也有卖竹篮子的。守着的,也是老人。谁买呢?现在纸袋布袋多的是,谁还会提着笨拙的竹篮子晃来晃去?老人的生意清淡,他看着大街,脸上也无风雨也无晴，是随遇而安吧。

我蹲到那些篮子跟前问："有猫叹气卖吗？"

老人的眼睛，被我这一句问话点亮，他倍是惊奇地看着我："你知道猫叹气？"

"嗯，我想买一个。"我说。

老人左右打量我，居然没再问什么，爽快地答应："你要的话，我给你做，你明天来取。"

隔天，我如愿以偿得到猫叹气。

篮子是簇新的，散发出成熟竹子的味道，上面还留有老人的余温，做工相当精致。我拎着它回家，心里面潮湿起来，我想起遥远的一些称呼：草匠、鞋匠、锁匠、铜匠、铁匠、簸匠……那些散落民间的，曾与人们的日子息息相关的手工艺，如今，已难寻踪迹。

猫亦早已不用叹气了，它们养尊处优着。那些称呼，和载着那些称呼的人，都已老去。我在这个长颈的竹篮子里，放了一些干花之类的小零碎，用以怀念，和挽留。

吃 蟹

很喜欢一句说蟹的谚语：秋风起，蟹脚痒。觉得这一句的有趣，哪里是蟹脚痒？分明是人肚子里的馋虫儿，在蠢蠢着的，偏偏要赖到无辜的蟹身上，给自己的吃，找了很好的借口。这个时候的蟹，个大，蟹黄多，肉质厚且嫩。不用任何作料，单单放清水里煮一煮，端上桌来，也是满桌浓香的。

而实际上，不单单秋蟹惹人吃，冬天的蟹，也是一肚子的货色，胖胖的，很能饱人口福。满桌的菜肴吃得意兴阑珊，突然上来一盘蟹，只只金黄灿烂，晃亮人的眼。颇像看戏看到尾场，满场的咿呀之声，听得人疲惫，突然来了一段劲舞，你的热血，就那么重又沸腾起来。

这样比喻吃蟹，好像不恰当，但我就是这么想来着的。当一盘子蟹端上来，我全然不顾形象，左手掰蟹脚，右手举蟹黄，一边埋头吃一边说："好吃。"惹得一边的老友，忍不住伸手捏我的嘴巴，说："好可爱。"

暗自笑。无端地想起一句台词来，那句台词，是我无意间看到的一部电视剧里的。祖母对着挑食的孙子，把他撒落在桌上的食物，捡起来放到嘴里，一边很有滋味地咂摸，一边感叹地说："有这样的好东西吃，日子多好啊。"在这里，我想篡改一下，有这样的蟹吃，日子多好啊。

国人喜食蟹，历史悠久，从西周开始，就有吃蟹的史话。魏晋南北朝时有"鹿尾蟹黄"一菜。隋炀帝有御用菜叫"镂金龙凤蟹"的。苏东坡亦夸张地写过一句诗"不吃螃蟹辜负腹"。而陆游的"蟹黄旋擘馋涎堕，酒渌初倾老眼明"，那么陶醉地剥壳食蟹，比苏东坡的来得更为形象。

《红楼梦》里，曹雪芹更是浓墨重彩写吃蟹。藕香榭中，桂花开得茂密，风也轻轻，水也清清，史湘云邀请贾母一帮人赏桂花，啖蟹。那吃法的科学与讲究，让今人大为感叹。不是水煮，而是用蒸笼蒸的，防了蟹中营养成分的流失。吃蟹要趁热吃，辅之以姜、醋和酒。亦不能多吃，贾母说："吃多了肚子疼。"

除此之外，我还看到难得的温馨和一团祥和。那样的富贵之家，整日的钩心斗角，声色犬马，却在吃蟹之时，显露出一点做人的快乐来。彼时，无论主子，无论丫鬟，统统地放开了手脚，畅饮畅吃，闹着，笑着。像极浓荫下，突然洒落下一点日光，在人的心头，就那么亮了一亮。

这次螃蟹宴上，贾宝玉兴兴地作了首螃蟹诗："脐间积冷馋忘忌，指上沾腥洗尚香。"那个公子哥儿，什么山珍海味没吃过啊，偏着啖食螃蟹时，一吃再吃，忘了禁忌。吃毕，去洗手，手上还留着蟹的余香呢。他写的自然有趣，但我更喜欢林黛玉的"螯封嫩玉双双满，壳凸红脂块块香"，活脱脱写出了蟹的风味来。

蟹的种类繁多，世界上的蟹类约有4700种，我国就约有800种。国人一直推崇的蟹是大闸蟹，那是蟹中的极品。

步　摇

我敲出"步摇"这两个字时，我的手底下，仿佛也在摇曳生风。我一直一直在想，怎么会有这样的首饰呢？它居然叫步摇。

它也只能叫步摇的。

我发现它，是在一套《汉族风俗史》里，说到唐代女子常见的首饰时，提及步摇。原不过是钗梁上垂有小饰物的钗，古代女子，把它插于发髻前。书中只是轻浅的两笔，淡淡带过，在我，却念念于心。步摇，步摇，这叫法，多活泼！像调皮的小孩，一刻也坐不住，满室的安安稳稳中，她一颗小小的心，早跑到屋外去了。大人稍一不留意，她已溜出屋外，在野地里又蹦又跳。花样女子发髻上插了这样的步摇，莲步轻移，钗随人动，该是怎样的生动！再风吹不动的日子，也会陡增几分情趣。

祖母有钗，银的。年岁久了，色泽变得有些黯淡。祖母还是当它作宝贝，每日里细细地梳完头，把它插到脑后的发髻上。那时我年幼，是极不安分的一个人，母亲笑我身上一定是装了弹簧。然而看祖母梳头，我却能安稳地待一边，一看就是半小时。有时也会抢了她的钗，往我稀黄的头发上，插。哪里插得住？祖母笑："等小丫头长大了才行的。"我于是盼望长大。而长大是件多么遥远的事，那些日子，天地转得那么慢那么慢。

村里的女孩子，赶小就知道美。草地里坐着，一捧青草在膝上，用它编草戒指草项链草耳环。有一种草的汁液很黏稠,编了耳坠粘在耳上,可以挂很久不会掉下来。我们就"戴"着这样的耳坠,迎着风跑。我们跑,耳坠也跑,我们想象,那是缀着闪亮珠子的耳坠,一步三摇。日子里有满满的好,说不上的。

一段时期,女孩子们赶趟儿似的去穿耳洞。有了耳洞,长大了就可以戴真的耳坠的。我姐姐穿了,在没有耳坠可戴的年代,姐姐一直用一根红线拴着。风吹发飞,那红线隐约可见。美得动魂。

我也要穿耳洞,是下了决心的。村东头的女人会穿,她喜欢吸水烟。女孩子们讨好地帮她装上烟叶,她点上火,深深吸一口,而后拿出一根银针来,给女孩子们穿耳洞。她捏着女孩子们的耳垂,不停地揉,嘴里说着:"哎呀,这姑娘的耳朵长得真好看。"突然一针下去,女孩子们眉头跳一跳,是疼的。却嬉笑着说:"不疼。"女人给她们的耳洞穿上红线,刚刚还寻常着的女孩子,突然间就变得光彩照人起来。

我却犹豫着,不敢。她们劝:"不疼呀,来穿呀。"我还是不敢。门外风在招摇,女孩子们等不及再劝我,一个个跑进风里面,发飞起来,她们耳朵上拴着的红线,艳得夺目。

我的耳洞,最终也没有穿成。却对那样的场景,记忆深刻。贫瘠中的美,光芒绵长得足以覆盖我的一生。

喜欢过一个词:布衣荆钗。乡野女子,粗布衣衫地穿着,却有钗配着,哪怕是荆钗。我以为,《陌上桑》里的罗敷就应是这样的打扮的,而不是文中所写的耳戴宝珠衣着华丽。她在路边采桑,发髻上的荆钗,追了她的身影而动,她一抬手一扬眉,都藏了万种风情。天生丽质难自弃,那才叫一个惊艳。

银　饰

小城的广场边，突然冒出许多地摊，一溜排开的，全是银首饰：镶了珠的手镯；挂着银铃铛的项链；还有，印着美丽花纹的石头、牛角，中间用银链子拴住。

他们说，他们来自西藏。他们向小城人兜售着这些银饰，手腕上，脖子上，银饰丁当。"戴了避邪，避邪呢。"他们红黑的脸上，是来自高原特有的笑容，粗犷、单纯。

如何能够不喜欢？满眼的珠光银影，那么内敛的银！

三毛活着的时候，胸前喜欢挂一件银饰，蓄着日月风尘，却又是出尘的。她让人想着渺茫，但又是实实在在的。就在那一刻，就是那么一个人，就是那个样子，天涯隔得远远的，美好着。她看到一堆银器，堆在地上卖，心里是满满的痛惜。"他们就把这么好看的银器，堆在地上卖。"她叹，是大不服了，替银器们叫屈呢。却又抵不了诱惑，蹲下身去。这样的女子，让人喜欢，让人怀念，永远的。

就像此刻的我，蹲在一堆银饰跟前，迈不开步。世上竟有这么漂亮的东西啊，我伸了手去，一件一件戴着看。紫水晶配了银，优雅。绿水晶配了银，柔媚。蓝水晶配了银，迷离……竟是没有一种颜色不能配银的。

电影《银饰》的最后，男主人公吕道景，一身女装，佩满银饰，静静地死在妻子碧兰坟头。秋风萧瑟，天空满满地沉了下去。这里的银饰，充满悲情。

谁知道哪件银饰里，没有泪呢？我抚着银饰，是一千个一万个不舍得。心里也是满满的了，欢喜也有，伤感也有，竟是看不透。三毛说，因为看不透，觉得人生很好玩。

人生也许就是因为这样的看不透，才有了回味的余地罢。

红绸伞

用了没多久的一把红绸伞，坏了，一支骨架断裂。

这把红绸伞，是去秋在西湖边上买的。卖伞的女子很温润，她说，纯手工制作的呢。你看，这上面的一圈花，是一针一线绣上去的呀！

我对纯手工制作的东西，向来难抵诱惑，那上面，浸染着手底的情意和温暖。买，自然买。

我其实，还暗暗有着另一层欢喜，——西湖是因一把小伞而天长地久的。当年的白蛇，修炼成人形后，是撑着这把小伞，相遇到她的爱情的。带着甜蜜，带着无限向往，痴情的白蛇，一头坠进红尘里。

可是，再好的爱情，跌落到红尘中，也会被慢慢磨去光泽。都说许仙是因耳朵根子软，上了法海的当，才导致白蛇最后被压雷峰塔下。我以为，真相不是这样的。真相是，一日一日，她在他身侧，早已褪去神仙的光环，变成俗世里的庸常。他日益淡了爱的心，也有了磕绊与不相让。这个时候，若不是法海，是别个什么人，对他说上三两句似是而非的话，针对他的娘子。他面上或许也争辩，但心里，是留着暗影的，——他已不全信她。哪像热恋的当初，他宁肯背叛全世界，也要与她好。好是样样都好，是十全十美，没有半点质疑的，怎会相信她是蛇变的！又怎会被法海骗去金山寺！

他终究，不过是凡俗中一个极凡俗的男人罢了，自私，懦弱，没有担当。她的情，托付错了人。断桥相遇，可怜她还一声断肠，相公啊！千年的红伞还在，不知多少男人，为之羞愧脸红呢。

停箸，与那人玩笑，我说，若我是白蛇变的。

那人断喝一声，吃你的饭吧，你满脑子都在瞎想什么呢！一只鸡腿，随即到了我碗里，他用它，来塞我的嘴。

不知为什么要感动，我傻傻地看着眼前这个人，有了要与他山盟海誓的冲动。我说，下辈子，下下辈子，再下下辈子，你也要记得来找我啊。

我会撑着一把红绸伞的。

我满大街去找修伞的。

记忆里，修伞的师傅是背着工具下乡的。还有修碗的，磨剪刀的，挑货郎担的，拍照的，弹棉花的，放电影的，爆米花的……

偏僻乡野，因这些人的到来，总能引起一阵轰动。节日般的喧腾。

他们打哪儿来的呢？这是我小时顶好奇的事。在我的眼里，他们好像是庄稼，就那么从远处的田埂边冒了出来，棵棵饱满葱茏。田埂的尽头，连着别的村庄。别的村庄外，还是村庄。

喜欢，真喜欢呀。觉得田埂尽头，肯定有口大魔术袋，总能从里面变出一些新的人来。

修伞的师傅一来，家家都找出笨笨的油纸伞。这把骨架断了，那把油纸破了。有的伞都破旧得不成样了，跟一堆烂树皮似的。那家人，居然也抱着它，让修伞师傅修。

修伞师傅是个着蓝衫的中年男人，他总是好脾气地笑笑，说，放下吧。

他在村口的一棵大槐树下坐定，取出工具。他的脚跟边，很快堆满了受伤的伞。旁边围一圈人，一边谈笑，一边看他做活。

到太阳落山，家家户户都能拿回修好的伞了。修伞师傅揉揉酸疼的腰，站起来，笑笑的，额发上落着夕照的金粉。

我们小孩争着去打伞。祖母不让，祖母骂，好好的天，打什么伞！她小心收叠起那把油纸伞。

我开始盼下雨，好撑着这把修好的伞，在雨中走。

我在一条旧的小巷子里，终于找到修伞的。

一个腿脚不便的老人，他还兼修锁和补鞋子之类的。大多数时候，他少有活干，也只是拨弄着几双捡来的破球鞋，给这双鞋添上一行针脚，给那双鞋打上一块补丁。打发时光罢了。

是打小就吃这碗饭的，这一吃，就是五十多年。

丢不开了，一天不出来摆摊儿，心里就空得慌，老人絮絮叨叨地告诉我。

这已不单纯是一门手艺了。这俨然成了老人生命的一部分，就跟老人身上的一根肋骨似的。

一辈子只忠诚于一件事，相伴成老友，相伴成生命，也是一种了不得的坚守吧。我看着老人，心生敬意。

老人对我的到来，很是欢喜和感激，忙不迭地摊开工具。他说，现在的人啊，早已不在乎这个了，坏了，就扔掉，重买一把新的。

是啊，谁还会捧一把破伞，满大街找着修呢。

生命中，总有一些要消失，总有一些要重新开始。我们能做的，也只是坚守着自己的坚守。能坚守多久，就坚守多久。

老人慢慢修。我慢慢等。路过的人，都在那里停一停，看看我们。像看风景。

这是这个世间，最后的风景了。

旧　衣

在拉开衣橱的当儿，我又看到了那件衣，粉色的红，上面有碎碎的小白花，野生蔷薇般的，一小朵一小朵极认真地开着。是二十年前流行的乔其纱面料，轻软柔滑。记得，那是他出差路过上海时给买的，为了去买这件衣，他错过回家的车，又没有多余的钱可以住旅馆，只好一个人抱着衣，在上海的车站静坐一夜。

但某一年夏天，再翻它出来，却惊觉，不能穿了。衣还是那件衣，而我，早已不是那个青葱一样的我了。我的世界，已开始告别粉色的红，那件衣，便成了真正的旧衣。

事实上，在此之前，我已拥有若干的旧衣。搬进新居那天，婆婆帮我收拾衣物，看到那些我不再穿的衣，花花绿绿摊了一床，遂好心好意地跟我说，你现在又不缺穿的了，这些旧衣，就送了人吧。

嘴里面答应着好啊。盘腿坐到那一堆花花绿绿中间，心里突然长出无数的触须来，茑萝似的，柔柔地拂动。我摸摸这件，抚抚那件，每一件衣，都曾跟我肌肤相亲哪，哪里还舍得送人？不舍得就是不舍得啊。

我想起六月天里，母亲晒伏。母亲搬出沉重的红木箱子，那只箱子，平日里母亲是给上了锁的。它总逗引我做无数遐想。此时，在白花花的阳光下，母亲打开箱盖，扑面而来一阵樟脑丸味，箱里的秘密，则全部暴露在阳光下了。是一堆旧衣。

母亲一件一件地抖落，神态安详。我跟前跟后，我看到一件草绿底子上散落着红红圆点子的衣，觉得好看得不得了。问母亲是谁的。母亲轻轻抚，说，嫁衣呢。不懂。我转而去看一件红肚兜，上面绣着两枝荷和一条小金鱼，惊奇地拿在手上看。母亲说，这是你外婆给你绣的呀，是你刚生下来的时候穿的啊。哪里肯信啊，衣服这么的小，我怎么能穿上？母亲却不管我信不信的，自把它晾到绳上去。不一会儿，院门前的几根晾衣绳上，就成彩色的河了。

这个时候，我最乐了，穿行在彩色的河里，从衣服的间隙处抬头望天，天空，是那么蓝的一条条啊，像飘着的蓝带子。母亲在远处叫着关照我，别把汗蹭到衣服上。

太阳下山之前，母亲会把那些旧衣，又一件一件认真折叠起来，放进箱子里，"咔嗒"一声再给上了锁。那时不明白母亲的郑重其事。母亲其实是在收藏日子啊，不但是她的日子，连同我们的日子，也一并收藏了——那些有着古老爱情的日子，那些像小鸟似的成长的日子。

现在，我也有了专门的衣橱来收藏旧衣，在每年的六月天里，也会像母亲一样，把那些旧衣捧出来晒太阳。

也有这样的时光，一个人关紧房门，把那些旧衣一件一件拿出来，对着镜子比照。这个时候，便听到有溪流，从我的指尖下缓缓流过。而后汇聚成一条河，那条河的名字叫——岁月。

首　饰

　　打小就有首饰情结，喜欢用些草啊叶的，编织出耳环、戒指，甚至项链，然后佩上，有想象中的环佩丁当。感觉很美。

　　稍大些，喜欢上逛首饰店，一款一款地看过去，看它们光彩夺目在柜台里面，自己的心，也跟着光彩夺目起来。也喜欢看女人们指上一点光亮闪过，那是钻戒的光芒。那样的光芒，极亮，极柔媚，极女人味。

　　一段时期，我爱追着古装片看，看里面的女子。无论汉唐，还是明清时期的。我以为那是首饰鼎盛的年代。你看哪怕是一个小丫鬟出场，也一定头插珠花、颈佩项链的。稍稍一移步，就是环佩丁当玉动珠摇啊。"虹裳霞帔步摇冠，钿璎累累佩珊珊"，女人的可爱与万种风情，尽在首饰的随意摆动之中了。

　　我的一个女友，特喜欢银饰，每遇必买。出得门来，总是满身银饰，极尽光亮，走哪儿，都吸足人的眼球。这样的女子，可爱，极得人缘。

　　而我，更喜欢玉跟玛瑙的首饰，喜欢玉的滑润和玛瑙的不事张扬。如果是项链或手链，它们必由细细的珠穿成，不透明，却含了无限风光在里头。温暖，隽永，很含蓄地婉约。如山间布衣女子。

　　去年夏季去珠海，我就意外得到这样的一款玛瑙手链。乳白之中，洒落一点点绛色，很绵长的样子。它彼时正躺在一个地摊上，在一堆珠珠玉玉之中，我认定，它是流落民间的公主呢。也不还价，一把抓过它，说，我要定了。喜得小商贩一个劲地夸我眼光好。

回来，就一直戴在腕上，一抬手，就有细细的珠子，柔柔滑过。我的学生说喜欢，喜欢我在课上抬手时，珠子们在我腕上滑动的样子。他们说，老师，你真可爱。听着，暗暗得意。

常常新得一款首饰，我喜欢做这样的遥想：清冷的月光下，一群裹着兽皮的女人，坐在一块石头上，很认真地磨着一枚枚贝壳，把它们磨得圆而亮。月光泠泠地射在里头，女人们用兽毛或别的坚韧一点的草，把贝壳穿上，挂在脖上，套在腕上。风吹过，贝壳在脖间腕间丁当作响。女人们因此美不胜收。这应是最早的首饰了，刀耕火种时代，它是女人们了不得的发现和创造。

一代一代，最初的贝壳鱼骨之类的装饰物，被更多的金啊银啊玉啊代替了，女人们因此而璀璨而丰富。一个女人，一生若没有首饰点缀，那么其一生，必是苍白的。所以女人们或多或少都有首饰情结，甚至把它与爱情紧密联系起来。你真爱我吗？那么给我买戒指啊，给我买项链呀。女人修长的指上，若能套上一枚钻戒，多半也把爱情套在手上了。常见爱情中的小女人，很炫耀地晃动指上的戒指，口角含笑，告诉他人，哦，是他买的。然后独自甜蜜了去。

我母亲盼了一辈子，盼着父亲给她买枚戒指。以前家穷，这个愿望便总是落空。母亲极委屈地唠叨父亲，说，跟你有什么好处呀，一辈子连枚戒指也没买给我。说着说着，还会掉下几滴泪来。后在她六十岁生日那天，父亲终给她买了枚金戒指。母亲兴奋得一整天嘴就没合拢过，不时把手指放到大太阳底下晃，脸上是一塌糊涂的幸福。

扇子·女人·流年

喜欢过一首乐府诗，是关于扇子的："新裂齐纨素，鲜洁如霜雪。裁为合欢扇，团团似明月。出入君怀袖，动摇微风发。常恐秋节至，凉飙夺炎热。弃捐箧笥中，恩情中道绝。"说的是美丽的少女，爱上一个男子，却羞于表达，于是选了上好的生绢，把它裁成明月的模样，制成一柄漂亮的合欢扇，送给心上人。受她馈赠的男子，或许亦是个多情的，他读懂了她的爱恋，把扇子随身带着，一整个夏天，他都与它形影不离。随意地一扇动，都是她绵绵不绝的爱恋啊。少女的心，满足地叹息。只是，只是啊，暑热渐消，秋天将至，少女的眉间，开始袭上淡淡哀愁：当秋叶落下的时候，我亲爱的合欢扇，会不会被你弃在箱子里，从此，阻隔了我的爱恋？

小小一柄扇，竟承载着如此婉约动人的爱情，实在令人叫绝。

更多的扇子，却被古时的女人们用来承载寂寞。杜牧在《秋夕》里写道："银烛秋光冷画屏，轻罗小扇扑流萤。天阶夜色凉如水，坐看牵牛织女星。"独守空房的女子，在清冷的烛光里难眠。于是她执了小扇，到院中扑流萤好度光阴。可是秋天已至，哪里来的流萤啊！夜色下，泊满冷冷月光。遥望天上，倒羡慕起牛郎织女来，他们是一对幸福的人，虽然隔了迢迢银河，却可以两两相望。而她，只能一任韶华，在孤寂中老去。小扇轻摇，流年摇落。

王建在《调笑令》中写的是一帮宫廷女子罢？"团扇，团扇，美人病来遮面。玉颜憔悴三年，谁复商量管弦！弦管，弦管，春草昭阳路断。"团扇后面，舞蹁跹的女子，曾经容颜如花。但美丽只是一眨眼的事啊，春去春回，青春弹落，昭阳路断，再得不到宠幸。扇上流年，谁是谁的光阴？

但扇子，还是女人的爱。在我最年轻的时候，流行檀香扇，上好的檀木做的，轻轻一扇，满鼻清香。但贵，那时的我，尚不具备购买一把檀香扇的能力，只把这份喜欢压在心底。一日，我的一位男同学从杭州回来，意外地给我带回一把檀香扇做礼物，他说："知道你喜欢，就买了。"心里有欢喜的花在开，朦朦胧胧。后来我的这个同学去了南美洲，但那把檀香扇，却跟随我一路下来。偶尔翻到它，我会痴痴想一会儿，笑一笑。这世上，总有什么会留在心头，仿佛雪没大地后，突然见到的那一抹绿。这是心底里，永远的温暖。

在我的老家，女人们摇着的，是蒲扇。纳凉生风，烧火做饭，手上都离不了它。为孩子摇，为男人摇。我的母亲，就是这样的一个女人，为了让蒲扇使用寿命长一些，蒲扇一买回来，她就用布条把边子全部细细镶上。然后手执这样的蒲扇，给我们驱虫赶蚊，为我们煮一日三餐。

现在条件好了，乡下人家都装了吊扇。条件更好的，甚至安上空调。夏日里，再也用不着摇着蒲扇取风了。但我年老的父母，偏偏不喜欢蹲在屋子里，要坐到露天下纳凉。两个人，遥望一头星空，慢摇着一把蒲扇，有一句没一句地搭着话。如水的光阴，就这样缓缓摇动起来。

第九辑 布列瑟农的忧伤

千万遍阳关走尽,最思念的,还是那个家园。

它或许只是几杆青青的竹。

或许只是光秃的枝丫上,托着的一个大大的鸟窝……

那是根植于生命里的依恋。

无论对于人来说,还是对于狼来说,家园,才是灵魂最后皈依的地方。

绿袖子

《绿袖子》是一首地道的英国民谣，流传时间甚广，在伊丽莎白女王时代就被人传唱。后传说在英王亨利八世时，被重新填词，成为英国民歌的瑰宝。

我初见《绿袖子》，不是被它的旋律吸引，而是被它的名字吸引。其时，它正躺在一张 CD 上，不显山不露水的。但我还是一眼就喜欢上了，我想起一句宋词来："玉窗掣锁香云涨。唤绿袖、低敲方响。"有无限娇俏的春光在里头。

几百年来，《绿袖子》的演绎版本多不胜数，无论用何种乐器演奏，都遮盖不了它本身逼人的气质。就像一个天生丽质的女子，穿什么都一样光彩照人。但我，还是有偏爱的，我喜欢排箫演奏的。箫是一种有灵魂的乐器，它演奏的《绿袖子》里，飘满茉莉花香般的忧伤，像穿堂入室的风，从你的袖口里潜入，在你身上每块肌肤上游走。又如绿茵如毯的原野上，徘徊着一个绿蘑菇一样的姑娘，风吹着她的绿袖，她的眼里，蓄着黄昏落日。天地是那么广阔，广阔得没有尽头，何处才是她的家？这都是让人忧伤得不能自已的事。

音乐背后的故事，更让人惆怅。一说是一个民间水手的爱情。水手和一个喜欢穿绿袖衣裳的姑娘相爱了，每次见面，姑娘都穿着她喜欢的绿袖衣裳，像一只美丽的绿云雀。后来战争爆发，水手参战去了，姑娘日日穿着绿袖衣裳，站路口等待心上人归来，最后悲伤而死。多年的战争终于结束，满身沧桑的水手归来，却再寻不着他心爱的姑娘，他于是一遍一遍凄凄地唱："啊再见，绿袖，永别了，我向天祈祷，赐福你，因为我一生真爱你。求你再来，爱我一次。"乐曲委婉纤细，是不堪重负的荒野小草，风能读懂它心中的爱吗？最痛的爱情，莫过于纵使相逢应不识，尘满面，鬓如霜。

又一说，是国王亨利八世的爱情。这个在传说中相当暴戾的男人，却真心爱上一个民间女子，那女子穿一身绿衣裳。某天的郊外，阳光灿烂。他骑在马上，英俊威武。她披着金色长发，太阳光洒在她飘飘的绿袖上，美丽动人。只一个偶然照面，他们眼里，就烙下了对方的影。但她是知道他的，深宫大院，隔着蓬山几万重，她如何能够超越？唯有选择逃离。而他，阅尽美女无数，从没有一个女子，能像她一样，绿袖长舞，在一瞬间，住进他的心房，让他念念不忘。但斯人如梦，再也寻不到。思念迢迢复迢迢，日思夜想不得，他只得命令宫廷里的所有人都穿上绿衣裳，好解了他的相思。他寂寞地低吟："唉，我的爱，你心何忍？将我无情地抛去。而我一直在深爱你，在你身边我心欢喜。绿袖子就是我的欢乐，绿袖子就是我的欣喜，绿袖子就是我金子的心，我的绿袖女郎孰能比？"曲调缠绵低沉。终其一生，他不曾得到她，一瞬的相遇，从此成了永恒。

或许，这才是最好的结局。有时的长相厮守，未必见得幸福。更永恒的爱情，是相见不如怀念。一曲《绿袖子》，因此生生世世，经典在一颗又一颗，易于感动的心上。

布列瑟农的忧伤

这些天,我一直在听《布列瑟农》,马修·连恩演唱的。

这是一首关于家园、关于流浪的歌,它的背景是:1992年,加拿大某些地方政府施行了一项名为"驯鹿增量"的计划,为达到目的,必须大量捕杀狼群。布列瑟农,那个安静的村庄,那个生长着温暖记忆的地方,顷刻间泊满离别的忧伤。

一定是秋冬季节,远山,森林,人家的房屋,应该还有尖顶的教堂。其时,夕阳正落,阳光的影子,一点一点斜了,直至无。薄雾罩下来。星星开始亮了。风吹来晚钟的声音。落叶的味道,寂寥而温暖。流浪的生命——人,或者狼,此刻,就站在那片温暖的天空下,那片他们热爱之极的土地上,做深情回眸:"我站在布列瑟农的星空下 / 而星星,也在天的另一边照着布雷诺 / 请你温柔地放手,因我必须远走……"

整首《布列瑟农》,曲调深沉,有着厚重的忧伤,像刚刚落下一场浓烈的雾,又像深秋里,飘过一场雨,一日一日在窗外下,下不尽地下着,让人望不到头。别了,亲爱的家园。别了,我的爱。"看着身边白云浮掠,日落月升 / 我将星辰抛在身后,让它们点亮你的天空",马修·连恩忧郁的嗓音,舒缓而低沉,把这首曲子演绎得湿漉漉的。淋透了心的,原不是雨水啊,而是泪水。是双眸中的泪。

不忍看那个回眸：光秃的树丫，我爱你。沉默的山冈，我爱你。尖顶的教堂，我爱你。哪怕是人家屋顶上一缕炊烟，也爱，也爱的。那些寻常的，在告别的此刻，都变得那么亲切，那么刻骨铭心。迟缓的脚步，该迈向何处去？四顾苍茫，而一转身，就是关山险阻，天际遥遥。亲爱的家园，再也看不见了；亲爱的你，再也看不见了……

一个听过这首歌的女孩告诉我，她现在最怕听到火车声，一听到火车声，就想起这首《布列瑟农》来，年轻的心，就落满泪。她落泪，是因为她爱的人，坐了火车去了远方。她想念他，她要在火车的这头，等他回家。

我祝福了她。有爱守着，她的那个人，想来不会迷路。这是人世间最最温暖的守候啊。怕只怕，一别之后，从此魂断梦也断。就像布列瑟农天空下那群流浪的狼。

我想起一个朋友来，朋友因做生意亏了，曾远到大西北去苦钱。走的时候，是怀了绝望的心的——亲情淡泊，爱情疏离，家乡再没有温暖可寻。他几乎是以一种逃离的姿势离开的。但在那个大草原深处，在那些月色浓酽得能让人醉倒的夜晚，他辗转反侧着遥想的，却是家乡。

一日，他终忍不住想念，在静夜里，给我打来电话。草原深处手机无信号，他就借了人家的卫星电话给我打。一分钟，十块钱，他亦是不在意的。他说，他要听听我的声音，听听故土的声音。原来，千万遍阳关走尽，最思念的，还是那个家园。它或许只是几杆青青的竹。或许只是光秃的枝丫上，托着的一个大大的鸟窝……那是根植于生命里的依恋。无论对于人来说，还是对于狼来说，家园，才是灵魂最后皈依的地方。

但愿我们都能回到自己梦中的布列瑟农，但愿所有的灵魂，不再流浪。

睡 莲

我以为贾鹏芳是个女人,且是个长发飘飘、面若芙蓉的女人。导致我产生这样的误解的,是他的音乐。我第一次听的是,他的专辑《遥》。这是个很容易让人浮想联翩的名,是山迢迢水渺渺的"遥",是望不尽天涯路的"遥"。而当音乐旋起,这"遥",就成了一点青峰,半江残阳,数只寒鸥……心是二胡上的一根弦,不由自主地随着他,跋山涉水,起伏跌宕。我想,这世上,大概只有女人,才能把情,解读得如此细致。

后来看到他的照片,一袭白衫,戴金边眼镜,文弱书生的模样。旁配一段文字介绍:贾鹏芳,1958 年 4 月生,二胡演奏家,中国音乐家协会、日本东洋音乐学会会员。不禁莞尔。

他的《遥》里面,我极喜欢的是一首《睡莲》,能把人的心揉碎。我怕听,又抵制不住想听。于是常于一些微凉的黄昏,或是夜晚,倾听。这个时候,红尘隔绝,只有一泓碧波,荡漾开来。波上散落绿叶点点,圆盘子似的。莲在叶间,风拂来,花轻轻绽开。瓣瓣粉红中,一点素白,上有露珠盈盈欲坠。是心事三两点,不可语。

又或是,月下女子,眉似蹙蹙风,眸中秋水暗涨,红烛泪落,长夜不成眠。这个时候,可以思,可以忧,可以哭,可以爱……怎么都可以的,折腾到倦怠,也还是一个人的独角戏。红尘里,什么最令人神伤?是门扉紧闭，等待中的那双手，迟迟没有叩响心中的寂寞。一样花开，到底为谁？

乐曲幽怨彷徨，美得冷艳。我想起童话里的睡美人，一朝睡去，纵有千呼万唤，她亦是不肯醒过来的。只等王子到来，在她唇上轻轻一吻，她沉睡的眼，才会张开。爱人啊，我等你，我等的就是你。那一刻，云不飘，水不流，天地亘古成永恒。

我亦想起遥远的童年，乡下，一个爱种睡莲的姑娘。她在一只水缸里养睡莲，花开的时候，会吸引了我们去看。我们看花，也看她。她有乌黑的长辫子，是我们向往的。她有甜蜜的大酒窝，是我们向往的。我们小小的心里，就有了这样的梦想，长大了，一定也要留像她一样的长辫子。后来，她恋爱受挫，于一个月夜，投河自尽。从此，她家再不见睡莲花。

今日，我于一曲《睡莲》中，想起她，想那时，她若渡过那一劫，会不会也有花好月圆？二胡幽幽，一枕清水。箫与钢琴的唱和，更使整首曲子，浸染了湿漉漉的哀愁。仿佛哪里伸出一双手来，就那么攫住你的心，你单凭乐曲沉浮，无能为力，只能眼睁睁看着自己陷进去，化作一朵睡莲花，于午时疼痛开放。有些你以为忘记掉的往事，这时，不可思议地涌上心头，不可思议地，让你想哭。原来，生命中的经历，它不是一袭风，吹过就吹过了，了无痕迹。而是岁月暗生的痣，不知不觉，就长在你的心口上。

追风的女儿

　　《追风的女儿》是陈悦经典的箫笛之作。第一次听到它时，我信了一句话：音乐，会在一瞬间洞开人的灵魂。何况是用箫吹奏的乐曲呢？

　　在所有的乐器中，我一直对箫怀有敬意，我以为箫是最具灵性的，它与露水，与月光，与山谷，与幽暗，与惆怅连得很近。这首《追风的女儿》，恰恰把这几方面都糅合在一起了，天衣无缝。整首曲子听上去便不像是吹出来的，而像是从灵魂深处长出来的。那声音，曲径通幽，如月下的藤蔓，伸了软软的触须，向着更高更远处攀援了去，目光不及目光不及啊！灵魂这时便像蜿蜒的小蛇，顺着月光的藤蔓，向着更渺茫的夜空爬行。那夜空里有什么？茫茫复茫茫的，是流不尽的心事，泊不完的思念！

　　应该是在满月的夜晚。应该是在高高的山巅上。应该是这样一个女子：一袭白衣，长发飘飘。手执一管箫，幽幽而吹，是月下一枝清冷的百合啊，在乐曲里缓缓而放。风渐渐起，月光泠泠而下，是一地的花瓣谢落。她的发飞起，飞起，乐曲滑翔，像纤手在冬夜里滑过瓷器，沁凉入骨。她站起，她要追着风跑去，那里面，有她最深最痛的爱啊。她要追到它！

　　她或许就是《诗经》里那个站成苍苍蒹葭的女子，永远的在水一方，却与爱人隔河相望。她或许就是乐府里那个被夫所弃的旧人,在前夫另结新欢了,她还跪着长问:"新人复何如?"心里竟是一千个一万个放不下的。而夜凉如水之时,她却独自泪染枕巾。她或许就是宋词里那个独上高楼的女子,望不尽天涯路,此情无计可消除,才下眉头,却上心头。

乐曲继续在滑翔,风继续在吹。我怀疑,千百年来,那风就从没停过。因此追风的女儿,便从远古,一直追到现在,涉水而过,踏露而来。

原来,这才是女人的死穴,一旦爱上,就再难放下。生生死死,追着随着,纵使被伤得伤痕累累也在所不惜。正如高胜美在另一首《追风的女儿》中唱的:"风来云也到,雨也落了/云一被风拥抱,就哭了/再也忘不了,你对我的好/被你骗到连天荒也老……"

原来,什么也明白的,所怀念的,只是一个拥抱的温暖!原来,什么也明白的,曾经的好,是风吹云散,天荒也老。原来,什么也明白的,风,总是比人跑得快,任怎样追赶,也不能赶上。

但却还要去追,蓄了一生的热情去追。所以有女子成望夫岩千年固守山巅眺望,所以有女子抱着一句承诺,孤单地终其一生。

所以,才华横溢的张爱玲,在爱上胡兰成后,也不惜低下高傲的头,倾尽小女人的温柔。最是心痛她说的那句话:见了他,她变得很低很低,低到尘埃里,但她心里是欢喜的,从尘埃里开出花来。

多傻的女子!心在俗世的尘埃中,怎么会开出花来呢?聪明如她,亦逃不过,做一个追风的女儿。

或许这世上,正因了这样的女子,才有了长长久久。她们爱过了,也就无悔了。

谁说不是呢?

昨日重现

第一次听到卡伦·卡朋特演唱的《昨日重现》时，我在读高中。年轻的英语老师说，给你们放首歌听吧。于是我听到了卡伦·卡朋特的声音，在碎碎的夕阳里铺开来，如一袭华美的毯子，上面罩满高贵的忧伤。

这是一种逼人的气质，虽然彼时彼地，我根本不知道卡伦·卡朋特是何许人，根本听不懂她唱的是什么，但那声音却势不可当地直抵人的灵魂，光芒四射。

我重听这首歌，已相隔了十来年。所谓弹指一挥间，也不过是听一首歌的距离。十来年的时间，她的声音还飘荡在那种旋律里，一遍一遍地唱道："听到爱情之歌，我会随之吟唱，诵记歌中的每字每句……"而听的人却已经老了。

她的声音里有我们熟悉的味道，亲切、柔软，是小时吃过的年糕，是居家时枕惯的一方棉布枕巾。我们在红尘中走倦的心，渐渐地在那声音里安静下来："当我还小的时候，我爱听收音机，等着那些我喜欢的歌。当它们响起，我会跟着一起唱……"你有过这样的好时光么？自然有过，所以把她当作知己。徐缓的曲子，醇厚的声音，像一块方糖融入咖啡，让人安心，甚至有幸福的感觉。窗外的阳光，轻如羽毛掉落。一盆水仙或吊兰，在阳光下舒展。鸟的影，掠过窗前。时光是这样的安详，所谓的地久天长就是这个样子吧？此生此世，我都在这里温暖地坐着，此生此世，爱都守在这里。

看过一部老片，片中男女主人公年轻的时候是一对恋人。相恋的日子琴瑟相和，他们一起到野外采野花，是那种细碎的小野菊，白的、黄的、紫的，一大片。他们一起在风中唱歌，男孩潇洒，女孩漂亮。他们一起坐看夕阳落下，听潮起潮落。后来，战争爆发，他们被拆散。再相遇，已是白发苍苍。背景是野外，野菊花开得正好，一朵一朵，热闹而灿烂。他们四目相对，有泪，慢慢盈于眶，却笑着。许久的凝望之后，男主人公忽然一指那些野菊花，说："你看，菊花们开得还是那么好。"女主人公轻轻答一声："是啊。"

远方、蓝天、野菊花……故事至此，戛然而止。我以为，再没有什么结局比这更温馨的了。所有的颠沛流离又如何？你看，一切都还没变，小野菊们还在开着，还是昨日的样子，这是多么温暖的事情！

陪一个在冬日里晒太阳的老太太聊天，老太太说起她年轻时的事，核桃皮样的脸，竟笑成一朵花。她说："你不知道呀，我年轻时，手可巧呢，会绣花，在鞋上绣，在衣裳上绣，在枕头被面上绣，把花都给绣活了。"她浑浊的眼，凝望着远方，那里面渐渐现出绵长的光芒来。

我们不再说话，任阳光静静地洒落。"所有美好的回忆，再现我的脑海，如此地清晰，使我伤心落泪，犹如昨日重现。"有些惆怅，惆怅得心满意足。昨日的辉煌，都曾有过啊，于是人生完满起来。

有一刻，总有那一刻，我们的心，别无所求，纯净得如同婴儿。

寂寞的，孤独的

不知是不是这个世界真的越来越寂寞了，一首名为 Lonely 的歌，甫一面世，竟立即蹿为全球点击率最高的歌。

Lonely，汉译为"寂寞的，孤独的"。不要听歌，单单字面上这几个字，就足够引起人的共鸣了。这世上，谁不是寂寞的孤独的？热闹也好，安静也罢，拂去人世浮华，每一个灵魂，其实都是一粒孤独的种子。

创作并演唱这首歌的，是一个叫 Nana 的黑人。他出身于非洲加纳一个富有家庭，他本应有个幸福完满的人生，但父母不合，在他很小的时候，父亲就离他们而去。母亲带着年幼的他，漂洋过海到了德国。在异国他乡那片天空下，他一日一日长大，饱受肤色歧视，世事多的是无奈。成年后，他写下这首 Lonely，把所有的伤和痛——童年的不开心，少年的失意，青年的爱情失败，全都赤裸裸展露出来。那在灵魂深处，一声声寂寞的呐喊，如同旷野的风，呼啦啦，呼啦啦，直吹得人的心都起了褶。

整首歌的节奏，绵长里，带了明快。仿佛午时阳光正好，水面上跳出点点白的光，咚咚，咚咚，让人忍不住跟着后面想舞蹈。舞蹈？那是怎样一种姿态？只要闭起双眼，一个世界就消失了。远古洪荒。孤独的岛屿。原来，人就是那样一座岛屿啊，四周一片汪洋。"I am lonely lonely lonely"（我是这么这么的孤独），泪水，委屈，无尽的长夜，等待的漫长。

那么，舞蹈吧，淋漓尽致地舞蹈罢。"I am lonely lonely lonely"，女声的伴唱，更像柔软的一把刀子，轻轻划过人的肌肤。是的是的，"我是这么这么的孤独"，在凉爽的六月天，请允许我流一场痛快的泪，请允许我疯狂一回。"我们还是无法离散／我们知道游戏的规则／是永远那么清楚明白"，清楚又如何？不问前世，不问将来，我只要现在，只要当下。当下，你一定要看得见我，你一定要知道我的心，我是这样这样的渴求你的暖。哦，上帝！

歌曲中，还穿插了大段的说唱。Nana嗓音低沉，絮絮倾诉，呻吟般的。像个无助的孩子，一个人走在荒原里。天是那么高，地是那么广，人是那么小，如何才能找到自己的家园？又像极秋冬时节，树上落下的一枚叶。叶枯黄，颓败，在风中兀自地转啊转啊。那份孤独，深入骨髓。

但又不是让人绝望的，他有他心之所往，"穿过午夜孤独的大街／身上带着新添的伤痕／眼含泪水／去寻找光明"，光明在哪里？"黑暗是必经之路／上帝会拯救我。"

原来，每个人的心上，都住着一个上帝。

我想起张爱玲。美国。一个人的公寓。寂寞的楼层。有电梯声，在楼外悄无声息地上上下下。树荫遮住一个城的繁华。悲欢沉浮的人生，都去了。她轻轻摊开一张天津地毯，地毯上，有大团的花，很艳丽地寂寞着。她把自己蜷进去，就那样，就那样，慢慢走进她永恒的孤独里。

这是极致的孤独。在这里，死亡散发出动人心魄的静美。或许，我们最终所求的，不过是这样一张华美的地毯。

斯卡布罗集市

这是一个小村庄,在欧洲,或是在美洲。其实在哪儿并不重要,重要的是,有这样一个小村庄,它的名字叫斯卡布罗集市,很美丽很祥和,到处长满欧芹、鼠尾草、迷迭香和百里香,四季有风在和煦地吹。

一个男青年和一个可爱的姑娘热恋了,在这个到处有草的清香花的清香的小村庄。他们一起步入绿林深处听风吟唱,一起看白雪封顶的褐色山上,雀儿在追逐嬉闹。他们说着天长和地久,甜蜜的爱情犹如花儿盛放。

一定有过美丽的憧憬,憧憬一个家,两个人。而后,有稚子绕膝的欢乐,有坐着摇椅慢慢摇的宁静和安详。可是,一场战争爆发了,男青年告别了心爱的姑娘上了战场,从此一别,便是生死两茫茫。

别时,他答应过她,一定会回来的。而她也含泪答应他,一定会等着他的。然无情的炮火吞没了男青年,他再不能回到他朝思暮想的家乡斯卡布罗集市了,再不能与心爱的姑娘一起享受生活的甜蜜了。他不甘啊,他要信守承诺啊,于是躯体去了,灵魂却不肯消失,一遍一遍向路过的行人反复低吟浅唱:

你正要去斯卡布罗集市吗
欧芹、鼠尾草、迷迭香和百里香

代我向那儿的一个姑娘问好

她曾经是我的爱人

……

　　这是一首地道的英文歌，我的英文不好，第一次听这首歌的时候，我根本不能明了歌中唱的是什么，但听着听着，就想流泪。我完全被那美妙悱恻的旋律震住了，更兼莎拉·布莱曼那天使般嗓音的演绎，使得这首名叫《斯卡布罗集市》的歌，像月下山泉，潺潺而下。又如一袭夜风吹过，山花一朵一朵静静地开了。美丽忧伤得似深潭里的月影啊，沉进去，再也打捞不上来了。

　　后来我到网上翻找它的译词，才知道它早在我出生之前就流行了，是美国上个世纪六十年代最受大学生欢迎的电影《毕业生》的插曲。我在电脑里一遍一遍听它，黄昏的屋子里，泊满了透明的忧伤。我浸泡在布莱曼天籁一般的歌声里，不能自已。我的思绪飞到我目力不及的远方，那里就是美丽的斯卡布罗集市啊，蔚蓝的天空下，欧芹、鼠尾草、迷迭香和百里香一定还在的，山风还像往常一样吹着，调皮的雀儿，一定还在山冈上欢快地跳着唱着，可是美丽的姑娘却等不回心上人了。山花竞相开放，一朵一朵浅淡的芳华在风中摇曳，有谁看见凋零的叹息，遗失在《斯卡布罗集市》里了？

　　在网上，我还找到诗经版的《斯卡布罗集市》：

问尔所之，是否如适。

蕙兰欧芹，郁郁香芷。

彼方淑女，凭君寄辞。

伊人曾在，与我相知。

……

反复吟哦，更是别有一番感伤在心头。布莱曼还在我的电脑里低郁地唱着"Are you going to Scarborough Fair"（你正要去斯卡布罗集市吗），而我，只想轻轻问问所有的人，你有你的斯卡布罗集市吗？如果有，它，还好吗？

且吟春踪

一直很喜欢古筝,觉得这种乐器真是奇特,轻轻一拨,就有空山路远的感觉。更何况,它配了优美的音乐来弹呢?那简直,是在人的心上装了弦,每弹拨一下,心,就跟着婉转一回。完全的不由自主。

听《且吟春踪》时,我就是这样的不能自抑。这是初春,阳光晒得人想打瞌睡。街上有了卖花的人,是一种小雏菊,满天星一样的小花儿,缀满泥盆。下面的叶,都看不见了,只看到那锦帕一样的一团碎花。卖花人不叫卖,只管笑吟吟立在一盆一盆的花儿边,看南来北往的人。脸上有春光荡漾。

我笑看着这一切。远方的朋友突然打来电话,他说,春天呢。我笑回,是的,春天呢。他说,给你首有关春的乐曲听。于是,他发来这首《且吟春踪》。在我打开之前,他介绍,这是一首佛乐。

打开的手,就有些迟疑。因为佛乐在我的感觉里,不好听,是重重复复念着南无阿弥陀佛的,念得人的心,很苍老。朋友却强调,这首不一样,绝对不一样,它把古筝的清丽幽远和佛的禅意完美结合在一起了。

我将信将疑地打开,立时就被吸引住了。空灵的音乐,加上古筝的绝响,恰似一股清泉,曲折而下,渐渐淹没了我的人,淹没了我的屋子。又似旷野里一捧夜色,把人温柔地沦陷,是地老天荒哪。有一刹那,我不能言语，世上怎会有如此美妙的音乐？它美得让人想落泪。

　　整首曲子，舒缓潺湲，纤尘不染。是在那高高的山上，流云和青山嬉戏，风吹来花的香。是在那古刹之中，檐角挂着小铃铛，一下一下地，发出清脆的丁零声。有鸟飞过屋顶，成双成对。落光叶的树上，开始长毛毛了，枝条舒展，柔软。远处人家，有鸡在草丛中觅食。蜜蜂该出来了吧？种子在地里欢唱。阳光，如佛光一样的，剔透耀眼。

　　乐曲不疾不徐，轻轻流淌。似清风，翻开一页一页的书，一页有流水丁冬，一页有窗前好春色。佛前的青莲，在轻弹慢拨之中开了花。那些长夜的祷求，为的什么呢？六根未净，苦海无边，但，终有一天，心，会净化得一尘不染。再厚的重帷，亦挡不住春光。

　　忽然想起有一年在无锡的锡山，在山上的凉亭里，看到有女子着古装，低眉敛目，在那儿续续弹。弹的就是古筝，丁丁冬冬。她的背后，一抹青山，静谧而安详，仿佛永生永世。那景，美得像梦，让人瞬即忘了，山脚下，原还有个尘世的。

　　亦想起，英国诗人兰德写的诗来："我和谁都不争，和谁争我都不屑；我爱大自然，其次就是艺术；我双手烤着，生命之火取暖；火萎了，我也准备走了。"人世中的纷争，原是轻若烟尘的，能够永恒的，只有山川河流，日月星辉。乐曲继续舒扬，阳光正好。空气中，满是春天的味道，清新、恬淡。心，在乐曲的潺湲里，慢慢靠近禅，无求无欲。屋后累积了一冬的冰，开始消融了，听见草长的声音。亦听见，绿们正整装待发，只待一夜春风起，便染它个江山绿透。

琵琶语

初听林海作的《琵琶语》这首曲子时，我觉得它实在清丽得不行。像玉，那种光洁的，湿润的，戴在女子洁白的腕上，静静滑动着。女子手抚琵琶，低头续续弹，光阴一寸一寸去了，韶华留不住，你会不由自主地想到缘分，这种不可捉摸的事情。该是多少年的风化历练，玉才成为玉，然后又是怎样的错过与重逢，它才戴到一个女子的腕上？

乐曲清扬宛转，淙淙地，如水流过。轻轻一拨响，山高路远，风吹来，狐走来。是的，它让人很容易就想起月下的狐，是一只怀了爱情的狐，为了俗世的爱情，甘愿丢掉千年道行，只愿做那个粗布衣衫的凡俗女子。这，却是行不通的。于是爱情隔绝在烟尘之外。琵琶声声，谁把泪妆换红妆了？

心中怅怅然，仿佛多少前尘往事在交织着。睁眼，窗外阳光正好，俗世里的花朵，开得灿烂而热闹。是一些菊。深秋的色彩，因了那些菊，而变得温暖起来。

温暖？这是一个什么词啊，轻轻一读，心就热乎起来。人生怎能少了这样的暖？握手的暖，拥抱的暖，惦记的暖，甚至一个眼神交会的暖。生命因了这些暖，才有了继续前行的勇气。《琵琶语》中，少的就是这样的暖。它像隔世离空的花朵，独独一枝，艳，但凄清。

空空的,是叶落下。月亮浮现在云端里。女子抱着琵琶,是不是半遮着面?她坐在月下弹奏,一声一声,弹不尽心中事。多少良辰美景虚度,此念不能有,一有,就是满袖的泪。唏嘘!她只是弹啊弹啊,一任乐曲似檐下的雨,一滴一滴滴落。又似山泉,静静从石缝间流过,丁丁冬冬,在心上。

我想起一个我叫她姨奶奶的女人来,她是我祖母的亲姐姐。一生未嫁。那时,我们兄妹几个,像含苞的花朵儿似的,齐齐朝向她。她笑着看,一会儿摸摸这个的头,一会儿摸摸那个的头,笑得很落寞。

一日,祖母着我去看她。天刚好下雨了,秋天的雨,下得沥沥的。雨顺了她家的屋檐滴落,滴落在檐沟里,"滴答"一声,四散开来。再滴下一滴,又是"滴答"一声,四散开来……如此的,无止无尽。我小小的心,忽然疼痛得要碎裂开来,我怕了那样的冷清。回头看她,她的脸隐在一层幽暗里,如何地拂,也拂不走那层幽暗了。

听祖母说,姨奶奶年轻时是个美人。美人多有两种命运,或幸福,或凄惨。且都与爱情有关。想她,应是被爱情辜负了。最后,老死在幽暗里。

女人一生最大的幸运与幸福,原不是求得锦衣玉食、飞黄腾达,而是相遇到一段真爱,在俗世里相守。然而,这个愿望,有时近乎奢侈。

冬　阳

听钢琴，不能不听林海。

林海的钢琴，有种极特别的气质，每个音符里，仿佛都藏着故事。欢喜着，忧伤着，说不尽，人生事。

譬如他的一曲《冬阳》。

《冬阳》是他的专辑《城南旧事》的主打乐曲。随着乐曲铺开，仿佛哪里突然现出一个口子，阳光风似的灌进来。旋律成了无数尾小鱼，争相在碧波上跳跃。活泼，干净，轻灵。

城南。一角。那高高的城墙塌了罢？断壁残垣中，有枯草，迎着风摆。偶有一两只觅食的麻雀飞过。冬天的暖阳，渐渐升起。不远的巷子里，人声渐次游离。卖糖炒栗子的，或是摇着拨浪鼓，挑着货郎担的。货郎担上，有入口即化的酥糖，和彩色玻璃球。还有女人用的针头线脑、胭脂簪子什么的。

太阳是这样落下来的：像小雨，或是雪。轻盈的，长了绒毛似的。这是很久远很久远的一方冬阳了，它挂在一个人童年的天上。那时的女孩儿，不过六七岁罢，她站在家门口，家门口连着一条胡同。一方暖阳，照下来，软软地环抱着她。她身前身后的屋脊上，阳光成群。是了，是成群，如果阳光是长着翅膀的鸟的话。

这个时候，她是快乐的，眼神清澈。远远的驼铃声近了，是驮着煤的骆驼。阳光里，炊烟是看不见的白线线，却让人知道它在，心里踏实。老阿婆坐在檐下拣米呢，米里总是混了些草籽。她一边拣一边唠叨，絮絮的。时光被拉得无限长。冬阳在落。

外头的笑声响起，另一家的孩子，在家门口招手。哪里用得着再三邀请啊，一溜烟，奔去了。两小无猜的光阴。春天的热情，隐在不远处的墙头，那些枯了的叶啊藤的，就要复活了。城外有溪流，轻轻淌过。岁月在成长。只是不知道啊，童年也在跟着慢慢走远呢，再回不来，再回不来了。

整首曲子，除了钢琴外，还辅以大提琴。钢琴部分灵动，大提琴部分厚重。两种琴声交相错出，配合得天衣无缝。一方是孩子灵动的身子，灵动的眼，灵动的心；一方是咿咿呀呀走着的光阴。人生的必然经历和不可逆转！有满满的好，和淡淡的惆怅。

我想起童年时的印花小瓷碗。祖母说，端好啊，不要洒掉啊。那里面盛着玉米稀饭或是芋头汤。而我，更想里面会盛着糖果的。这样的场景，并没有什么特别之处，却令我在成年后，百转千回地想念。

亦想起一个失忆的老人，老人失忆后不记得她生活的种种，却独独记得童年的事儿。冬阳轻落的阳台上，她坐在阳光里，一遍一遍念叨，妈叫我小兰子，妈会烧红枣莲子汤呢。

当人生所有的华丽与热闹不再，幸好还有个童年，可以让我们留恋，让我们偎依，成为我们最后的温暖。

故乡的原风景

《故乡的原风景》一曲，是日本陶笛家宗次郎创作的。我是一听倾心，再听倾肺，是倾心倾肺了。

其实，令我惊异的不仅是乐曲本身，还有，演奏乐曲所使用的乐器——陶笛。这是一种极古老的乐器，大约公元前 2000 年，在南美洲就有了黏土烧制的器具，可以吹奏简单乐曲，被认为是最早的陶笛。16 世纪流传到欧洲，不断得到改造，由一孔发展到多孔，音域随之增加，吹出的声音，更是清丽婉转。上个世纪二三十年代，一个叫明田川孝的日本年轻人，在德国第一眼见到陶笛，立即被它迷住了。他对这种乐器进行加工，制作出十二孔日本陶笛，风靡日本。随着陶笛在日本的风靡，日本出现了许多陶笛演奏家，宗次郎，就是其中杰出的一个。

跟明田川孝一样，宗次郎也是第一眼见到陶笛，就被迷住的。后来，他干脆自己盖窑，亲自烧柴，制作属于他自己的陶笛。当我听着《故乡的原风景》时，我总是不可遏制地想，这是泥土在欢唱呢。那些沉默的泥土，那些厚重的泥土，在懂它的人手里，变成亲爱的陶笛。一个孔，两个孔，三个孔，四个孔……孔里面，灌着风声、草声、流水声、鸟鸣声……这是故乡啊，是魂也牵梦也萦的故乡，是根子里的血与水。他给它生命，它给他灵魂，那是怎样一种交融！

我以为，真的没有乐器可以替代了陶笛，来演奏这首《故乡的原风景》的。在远离故乡的天空下，我静静坐在台阶上听，一片落叶，从不远处的树上掉下来。天空明净，明净成一片原野，秋天的。原野上，小野菊们开着黄的花，白的花，紫的花。弯弯曲曲的田埂边，长着狗尾巴草和车前子。河边的芦苇，已渐显出霜落的颜色。有水鸟，"扑"地从中飞出来，在半空中划过一道美丽的弧线。风吹得沙沙沙的。人家的炊烟，在屋顶缭绕。间或有狗叫鸡鸣。还有羊的"咩咩咩"，叫得一往情深，柔情似水。

如果是月夜，则会听到很多梦呓的声音：草的，虫的，树的，鸟的，房子的……它们安睡在亲切的土地上，安睡在陶笛之上。孩子依偎在母亲怀里，睡得香甜。月光在窗外落，像雪，晶莹的，花朵般的。世界是这样的宁静，宁静得仿若人生初相见。初相见是什么？你的纯真，我的懵懂。如婴儿初看世界，一片澄清。

一个中年朋友，跟我描绘他记忆里的故乡，他肯定地说，那是一种声音，黄昏的声音。那个时候，他在乡下务农，挑河挖沟，割麦插秧，什么活都干。每日黄昏，他从地里扛着农具往家走，晚霞烧红天边，村庄上空，雾霭渐渐重了。这时，他就会听到一种声音，在耳边流淌，欢快的，欢快得无以复加。他的心，慢慢溢满一种欢愉，无法言说的。"你说，黄昏到底会发出什么样的声音呢？"多年后，他在远离故土的城里，在一家装潢不错的酒店的餐桌上，说起故乡的黄昏，他的眼里，蓄满温情。

我以为，那一定是泥土的声音，那些饱吸阳光与汗水的泥土，那些开着花长着草的泥土，那些长出粮食长出希望的泥土……除了泥土，还有什么，可以让我们如此亲近？

天　边

知道贺西格和马头琴，是源于一首叫《天边》的曲子。

初听，就被它悲悯又神秘的旋律惊了一惊。仿佛有一个草原呼啦啦拥到我跟前，草绿绿的，花艳艳的，风吹得好远好远。滚圆硕大的夕阳，在天边游走。马儿嘶鸣着，奔跑在一团橘色的光芒里，褐色的鬃毛，如一丛茂盛的草，迎风招展。远处山峦起伏，树木矮小若荠。老鹰无声地穿过如线的炊烟，一径飞走，身影渐渐小成一个黑点，直到完全消融在天边。

暮霭起了，很快吞没了草，吞没了花，吞没了马，吞没了炊烟，吞没了眺望的目光。星星们出来了，在草原上空闪烁，像打翻了一炉子的火星子。这个时候，谁家哼起了古老的歌谣，如泣如诉。夜色的沁凉，渐渐淋湿了耳朵，淋湿了心脏，那些梦想、爱情、死亡、重生……从天边而来，又去往天边，无休无止。

我不得不说一说演奏这首曲子的乐器——马头琴。这种乐器，在蒙古语里被称为"莫琳胡儿"，早在十三世纪就有了。马可·波罗来中国，曾把蒙古人的这种"莫琳胡儿"带回去。据说后来欧洲的小提琴，就是由马头琴演变而来。

但在我听来，这两种乐器根本是两回事。小提琴气质优雅、精致，它属于鲜花、暖阳、湖水、月色、葡萄酒。马头琴呢，它是粗犷的、空旷的，独自行走的灵魂，翻山越岭，四处漂泊。

这样的乐器，里面浸染着太多草原的魂魄，悲怆、深情。而贺西格，这个从小生于草原、长于草原的蒙古汉子，他的血液里奔流的，何尝不是这样的悲怆和深情？十二岁的贺西格，向往同学手中的一把四胡，家里倾出一个人半个月的生活费，托木匠给他做了一把。他人生的跋涉，就是从那把四胡开始的。十六岁，他无师自通拉起马头琴。从此，马头琴成为他生命中的一部分，梦想如鹰，展翅飞翔。

听贺西格的《天边》时，我不由得就想到了小时候。那时，我常坐在田埂上，手托着下巴，对着天边傻傻看，脑子里冒出种种幻想——天边会有什么呢？也有如我们一样的村庄吗？也有如我们一样的人吗？也有一条叫赛虎的狗吗？也有一只叫花花的猫吗？我拿这个问题问过大人，大人们的回答不一，有说天那边住着一个白胡子老头，是个神仙，他有个宝葫芦，你想要什么，他就能变出什么给你。也有说天那边住着个魔鬼，嘴大得像山洞，眼睛像灯笼，专门吃小孩子。我听了又是向往，又是害怕，竟很是莫名地忧伤起来。

我还想到风，呼呼作响的风。四野空旷之中，只有风在行走。再高的山，它也能爬过去。再宽阔的河，它也能越过去。这世上，就没有它到达不了的地方。它没有故乡——如果说有的话，也只能是天边。是的，天边。遥远的天边，住着风，如果你想去天边，你就跟着风走吧。那么体己的风，那么神力无穷的风，只要你愿意紧跟着它，它就不会把你丢下。

想当年的三毛，是不是也受了风的蛊惑？她跟着风，一路走啊走，一直走到天边的撒哈拉大沙漠。风在那里停住，她也在那里停住。风给沙漠描出一个一个好看的梨涡，她为她亲爱的荷西包出一碗一碗的饺子。这个时候，天边写下的，只有一个字，这个字，叫爱。

人类终生所寻觅的，有时，就是这个"爱"字啊。它让遥远的不可亲近的天边，变得可触可摸，山川流云，都是亲切。这个时候，所有曾经的梦想和热情，都在生命里，一一策马走过。

乱　红

在所有乐器中，我以为，笛是最草根的。只要有竹，就能做成。民间多笛。是在元旦时，我曾看过一乡人在城里卖笛，肩上挂满笛，褐红，上面闪着油亮的光泽，让人忍不住想伸手摸上一摸。乡人手里也是一支笛，把一曲《两只蝴蝶》，吹得舞翩跹。

听陈悦的《乱红》时，我很自然地想起这个画面：一些褐红色的笛，挂在乡人肩上。乡人脸上，怡怡然。熙来攘往，满街都有音符在飞。

陈悦的《乱红》是一组曲子，大多数以箫为主。《乱红》是其中一首，用钢琴做底子，一支笛吹得花落成河。我是有了偏爱的，虽说箫也是我所喜爱的，但箫的幽怨气浓了些，听多了，心会沉沦得无力自拔。倒是笛，多了几分灵动，忧而不怨，愁而不哀，是轻灵灵飞着的一只小粉蝶，广袤的天地间，自有它的好去处。

曲子的名叫得也好，乱红乱红，是"泪眼问花花不语，乱红飞过秋千去"中的乱红。雨横风狂，春留不住，一场落红，是最美的告别——从今后，难相逢，我只愿你能记住我最美的样子；是"烟水茫茫，千里斜阳暮。山无数，乱红如雨，不记来时路"中的乱红。花事已过，尘缘相误，再不能抵达。

整首《乱红》曲调悠远，钢琴铺就的底子，更像一匹纯白的锦缎，慢慢抖开来，抖开来，上面泊着如银的月色，粼粼。在那粼粼的月色之上，陈悦的笛声，恰似浮起的白莲一朵朵，轻轻绽放，暗香四溢。我的嗅觉突然敏感起来，——音乐，原也是有味道的，香的，甜的，苦的，咸的，酸的……人生的诸般滋味，都在里头。

笛声悠悠，婉转、缠绵，音符飘着，荡着，欲说还休。是诗人张先在月下徘徊，他的眼前，月是那么好，花是那么好，春天是那么好，感伤这时却袭上他的心头，一切的美，都是稍纵即逝的啊，捉不住，捉不住啊，真恼人！他怅怅地吟出一句"云破月来花弄影"。花是什么样的花？我以为海棠花最配。数枝红粉压树低，然后也才生出新的期盼——"明日落红应满径"。诗人早起推门，落红果真未负他所愿，红灿灿地铺了一地。那些被月色吻过的海棠花，耀亮了诗人的眼睛——豁出去了，哪怕是凋谢，也要华丽丽的，这才不枉活过一场。

笛声继续悠悠，人的心，跟着后面天涯望断。是两颗灵魂，偶遇的一刹，惊心惊肺地发现，原来，这个，才是自己要寻的。却错过了，却辜负了。是杜丽娘一声"良辰美景奈何天，赏心乐事谁家院"，情切切，意切切，顿作乱红纷飞。又或是三月桃花天，林黛玉惆惆怅怅地唱"花谢花飞花满天"，落花成冢，谁人与共？这都是让人感伤不已的事。

一个三十多岁还未嫁的女孩对我说，她所希望的人生最完满的结局，是在一个爱她的人的怀抱中老去。——世间女子，怕的不是凋零，而是被忽略，被辜负。她们所要的，不过是一段俗世姻缘，有时却难得如愿。于是寻常的拥有，便成珍贵。

埙·追梦

我没想到会遇见埙，它们躺在一块丝绒布上，像一颗颗守望的头颅。丝绒布摊在一家乐器店里。乐器店在古城凤凰的街上。

这是一种浑身长满传说的乐器。不过拳头大小，最初是石头制成的，后来有了陶土做的。刀耕火种的时代，它只是诱捕飞禽的工具。然而，从什么时候起，它发生了演变？变成了一个灵魂，对另一个灵魂的呼唤。变成了默默的陪伴，心底的诉求和叹惋。

我轻轻抚摸着这些埙。我的手底下，有远古的风，猎猎而来。星空下，是谁，第一个吹响了这样的石头，把无助、寂寞和忧伤点燃？从此，世界有了另一种声音——那些从灵魂深处发出的呜咽、呐喊与祈求，无论爱着、恨着、疼着、痛着、欢着、悲着，都交给一块石头吧，它会用风、用雨、用光、用热来亲吻和拥抱。它适时安慰了那些不安的灵魂，黑夜会过去的，天亮了，光明也就来了。

后来，我在沱江边，遇到一个吹埙的男子。其时，夜幕笼罩，江边游玩的人甚多，嬉戏声在灯光暗影里头响，此起彼伏。吹埙的男子一袭白衫，静静地坐在岸边的一块岩石上，巨大的树影，笼罩着他的身形，也笼罩着他的表情。突然，埙的声音，从他的手握之处传了出来。

刹那间，一切的嘈杂之声远远遁去，唯有埙的声音，像秋深的露，一滴一滴落下。又似一条小蛇,沿着树的暗影,沿着苔痕遍生的岩石,向暗里头爬去。它爬呀爬,一直爬回蛮荒年代,那些刀耕火种里的梦想与希望、执着和爱恋,叫人泪落。

这是一首叫《追梦》的曲子。旋律百转千回,偏又配了埙这样的乐器,就更添婉转凄美深邃幽远了。我远远站着听,竟不能动弹。眼前黑沉沉的天空,倾倒在江里,明灭的星星,慢慢幻化成一朵一朵莲花灯,载着尘世的梦想,顺江飘远。

再遇埙,是在一个夏夜。雷雨将至,埙在我的音箱里响起时,闪电也一下子划破了窗外的夜空。我的心一阵悸动,竟是那首《追梦》的曲子,一样的婉转忧戚,一样的直抵心底。我的眼前仿佛已是大漠孤烟,风沙漫漫,飞鸟掠过天边,征人望断远山。

我在这样的曲子里沦陷,不知所以。我莫名其妙想到一个人。纷纷攘攘的菜场门口,他坐在那儿,用脚指头作画。他画牡丹,花开得丰腴,似隐隐含了香。他画丝竹,叶叶青翠,上面还沾着晶莹的露珠。旁边围着一群人,不时发出一声感叹,画得真好。我也是围观的人群中的一个,在那儿待了半晌,静静地看他作画。他没有双臂,两袖空空,却一点也不影响他画画。有人买他的画,他抬头微笑,很认真地道谢。那笑容,叫人看着很暖和很舒服。那天离开时,我也买了他的一幅画。他发生过什么样的故事了?不知。但可以肯定的是,他已从他的悲伤里走出来,追寻到他的梦想。

人生有梦想,就有希望。如同埋在地底下的石头,只要不甘于沉沦,总有发出欢唱的那一天。

长相思

好长时间没有沉下心来听一首曲子了,有时音乐也开着,但多半是它唱它的,我做我的事,难得往心里去。直到遇到付娜的《长相思》。

古筝曲。清幽复清幽。仿佛听见水流声,于空谷之中,流啊流啊,流到瓜洲古渡头了。一江两岸的春草绿了,山长水阔,思绪渺无边。我放下拖了一半的地板,趴到电脑跟前去搜索,"长相思"三个字跳进我的眼。原来,此曲名叫《长相思》。心当下释然,难怪了,唯有相思最绵长啊。

何况,它是用古筝弹出的?

古筝是我喜欢的乐器。我以为,它的每根弦,都充满了语言。如果再相遇到好的曲谱,如果再相遇到懂它的人,它就是诗经,就是唐诗宋词,让你品味不尽。而《长相思》恰恰是这样的曲子,付娜恰恰是懂它的人。

听过付娜不少的古筝曲,几乎没有不喜欢的。她的纤纤素手,只要一挨上古筝,仿佛就被施了魔法,手下的每根弦,立时生动起来鲜活起来。于是,弹的人心醉神迷,听的人神迷心醉,满天地,只剩下音乐的灵魂在飞,纯洁而美好。

有一段时间,我的电脑里便一直放着付娜的这首《长相思》,放得家里人都跟着熟稔了。某天,我正在电脑上写作,放学归来的儿子,推开房门，静静在我身边待了会儿，突然要求道，妈妈，放那首《长相思》吧。我惊奇地看着他，问，真的想听？他肯定地答，想听。

音乐声起，儿子微微闭了眼，一副陶醉的神情。年少的孩子，能在这样的纯音乐里沉醉，让我意外。我问，为什么喜欢？他答，就是喜欢呗。

我哑然失笑。是啊，世上本有很多的喜欢，我们根本编排不出理由，仅仅因为喜欢。它或许吻合了我们心灵的某种期待、某种渴望，如同初见一个人，如同初遇一场景，那边还无知无觉着，这边早已惊艳，屏声静气，物我两忘，一任心中波涛，暗自澎湃不已。

除了付娜的古筝，黄江琴的二胡也给这首曲子增添了柔情和蜜意。对二胡，我曾有过误解，我认为它的底色是悲的、凉的，是惆怅的，是苍茫的，是离别多于相聚，苦难多于欢乐，它是不适合演绎人间柔情的。黄江琴却赋予了二胡以温润，以娴静，以清丽，以婉转，以温情脉脉。在这里，二胡与古筝一唱一和，如相思中的男女，纵使远隔着千山万水，纵使一个在天涯，一个在海角，彼此的声息，也能相互抵达。他说，她答。她说，他答。想你，想你啊。哦，我也想你，想你啊。隔着茫茫的山水，曾经的山盟海誓都在，都在的。你放心，这辈子我的心里只装下一个你，再装不下其他了。即便将来化成灰了，那灰，也要借风吹到一起的。

人间有相思，这人间才叫人生出无限的热爱、眷恋和坚贞啊。

竹　舞

一首曲子，由始至终都伴有声声鼓点，除了《竹舞》之外，我没听到别的曲子也是这么做的。

有一段时间，我在电脑里循环播放着这支《竹舞》。身边一个喧闹的城，遁去。我似身在竹林深深处，抬头，天是翠绿的；低头，地是翠绿的；放眼处，风是翠绿的，空气是翠绿的。竹影摇曳，如湖水徜徉。绿的光影，一圈一圈，荡漾开去。我的心，就那么沉进去，沉进去，如临仙境。

鼓点似海浪拍击堤岸，嘭嘭，嘭嘭嘭。琵琶、二胡和吉他，你弹我拉，简单的旋律，被演绎得如同春天的雨粒，漫山遍野洒落开来。一棵一棵的笋，借雨势而长，听得见拔节的声音，唰啦啦，唰啦啦。转眼间，初夏来临，一片一片的竹林已长成。碧绿的竹叶，被小风吹着拂着，似湖面上泛起了细小的波纹，它们愉快地荡着、摇着。扑面而至的清凉和纯净，就这样，把人的灵魂，濯洗得晶莹透亮。

这时，我莫名地想到碧潭、清波，想到月色、草地，想到童年。那些青翠碧绿的时光啊！茅草屋后，就是一片竹林，茂密葱郁。方圆几个村子里，其他人家没有，就我家有。有人进村庄来，人还离得老远，就能望得见我家屋后，那堆得厚厚的绿，如墨绿色的云，层层叠叠。四岁那年，我走丢过一回，人问哭泣的我，你是谁家的娃？我能口齿清晰地答，我是长竹子那家的，我家屋后长着很多竹子。问的人拊掌大乐，哦，是他们家的啊。遂把我安全送达。

我的童年，是在竹林里长大的，我在里面捉知了，捉鸟雀，捉迷藏，什么都玩。冬天了，其他树木都成枯瘦状，竹依然是碧绿丰盈的。雪来时，雪压竹枝，听得见它不时发出轻微的咔嚓声，担心它被压坏了，雪消融后，去看，它依然是碧绿丰盈的。西北风吹着的时候，竹林里就像埋伏着千军万马。半夜里我醒来，常会痴听竹们奔跑，嚓嚓嚓，呼啸声不绝于耳。有时听着听着，不知不觉又睡过去，竟安心得很。有竹子在，一个世界就在的。

我家后来搬了家，爷爷挖了些竹根，带去新家。不几年，新家的屋后，竹已成林。那些年，听风吹竹响，在我已是寻常。只是经年后，当我听到这首《竹舞》时，记忆的闸门，一下子被打开，曾经的寻常，是那么叫我留恋。我记起那样的场景：秋天的风徐徐吹着，炊烟早已熄了。鸟在窠里安睡。猫在屋顶上缠绵，是我家的那只黑猫，和邻家的那只白猫。屋后的竹们却都醒着，在月色里翩翩起舞。我走过，瞥见一眼，有什么进入到我的心里，只觉得眼前的事物很好，却又说不上到底什么好，一个人，就那么微微笑起来。

川端康成被凌晨四点未眠的海棠花给惊着了，发出要"活下去"的感叹，那么年少的我，应该也是被那月夜未眠的竹给惊着了，觉得那是美的，并因为撞见了那样的美，而暗自欢喜暗自庆幸——因美而生眷恋，这是人类的共同情感。

对竹的好感，就这么根深蒂固下来。每每外出旅游，遇竹我必前去相见。我拜访过宜兴的竹，拜访过常州的竹，拜访过浙江山沟沟里的竹。山下人家，以竹为生。而在普陀山上，则生长着一种很特别的竹，通身都是紫色。那里的紫竹林寺院，就得名于那些紫竹。我在紫竹林寺院小住过几日，每天凌晨起床，穿过一排紫竹，去看小沙弥们做早课。凌晨风起，竹们在风中沙沙沙地跳着舞，檐角的铃铛丁丁当当。有出尘的感觉。

在桃花岛上，满岛都植着竹。竹林里，有竹的房子。很世外桃源的样子。许多竹的身上，都被刻了字——这举动当然不值得提倡，但我还是有些发痴，有些感动。因为那上面刻着的，都是祈愿和祝福，但愿人长久，千里竹相闻。

一阵风来，满岛的竹一齐舞蹈，相互致意，仿佛在说：但愿君心似我心，定不负相思意。

君心能似我心吗？难。所以世间许多的爱情，才有了疼痛和无奈。